UN EPITAF POTRIVIT

Roxana Năstase

2019

Toronto, Canada

Cuprins

*Lui Marian, pentru răbdarea sa
înfricoșătoare*

CUPRINS

Un Epitaf Potrivit

Klavdiya s-a născut în urmă cu patruzeci de ani pe malul unui lac mic din Rusia...

Femeia s-a căsătorit primăvara când cireșii erau în floare. Avea doar optsprezece ani la vremea aceea. A divorțat toamna când ploile aspre spălau pământul și frunzele căzute. Avea numai douăzeci și trei de ani și un băiețel atârnat de fustele sale.

...

Klavdiya a murit pe țărmul altui lac și pe alt continent... Venise pe lume cu o neliniște cumplită în suflet și cu setea de a depăși limitele pe care i le impusese lumea în care se născuse și murise fără ca să-și afle liniștea.

PROLOG – VIZIUNEA LUI AXEL

FEMEIA DEJA FLIRTA cu el de mai bine de cincisprezece minute când el a invitat-o să îl însoțească în grădină pentru a lua o gură de aer proaspăt. Ea zâmbi și privi prin ușile dinspre terasă în întuneric. Aceasta era exact ceea ce își dorise, așa că imediat consimți, cu dragă inimă, să îl însoțească afară.

În fond, acela era un bărbat foarte bine clădit. Ea chiar crezuse că arăta mult prea bine când l-a remarcat prima dată. Îi lăsase gura apă, iar ochii ei îi cercetaseră cu atenție lățimea umerilor, precum și mâinile sale puternice.

Avea mare nevoie de un bărbat pentru că trecuse prea mult timp de când simțise mâinile puternice ale unui bărbat pe trupul ei. Probabil că trecuse chiar mult prea mult timp, dacă ar fi fost să se ia după furnicăturile pe care le simțea acum în stomac.

Dorința fizică fusese suficient de puternică pentru a o face să se simtă atrasă de el, dar semnele care denotau bunăstarea lui materială jucaseră un rol mult mai important și fuseseră hotărâtoare pentru ea.

Bărbatul era destul de bogat pentru gustul ei. Costumul lui nu era o imitație ieftină, ci un adevărat Armani. Femeia întotdeauna avusese un ochi bun când era vorba să distingă între o copie și un obiect original.

Se plimbară alene pe cărarea pietruită, în timp ce ea se ținea strâns de brațul lui ferm. El îi murmura diverse nimicuri la ureche, dar ea nici măcar nu se obosea să-i asculte cuvintele.

Puterea pe care o simțea sub degetele sale era la fel de excitantă ca și mirosul puternic al trandafirilor care se întindeau de-a lungul uneia dintre laturile cărării pe care pășeau. Ea simți mirosul interludiului romantic în aer și zâmbi.

După alți câțiva pași, trandafirii dispărură și făcură loc unor tufișuri cu fructe de pădure. Mirosurile se schimbaseră, iar fierbințeala verii îi învălui într-un văl de umiditate fierbinte.

Cărarea de prundiș dispăru, iar femeia se împiedică atunci când călcă pe pământul crăpat. Amândoi râseră din cauza neîndemânării ei, deși rușinea îi pudră acesteia obrajii cu o roșeață ușoară. Fără să spună niciun cuvânt, bărbatul o susținu mai bine, iar o plăcere frivolă îi clocoti femeii prin vene.

Când el își grăbi pașii, ea chicoti ușor și comentă jucăuș asupra grabei lui. El privea copacii absent și nu lăsă să se vadă că ar fi auzit-o.

Acel fapt o determină să pună capăt plimbării lor mai adânc în grădină. Părea să fie romantic, dar nu era foarte înțelept. Se găsea singură cu un bărbat pe care abia îl întâlnise și nu știa absolut nimic despre el.

Nu mai fusese în acea grădină înainte și nu știuse că aceasta se întindea pe un spațiu atât de mare și de izolat. Mai mult decât atât, chiar dacă ea avea intenția să flirteze cu el, nu avea însă nici cea mai mică intenție să se lase cucerită de farmecul lui în seara aceea.

Nu era niciodată o idee bună să cedezi prea curând. Ea își dorea mai mult decât o simplă rostogolire prin fân, iar aceea însemna că, măcar pentru o vreme, trebuia să pretindă că nu era o femeie ușor de convins.

Ea știa că bărbaților le plăcea vânătoarea. Le plăcea să simtă mirosul pradei și adorau eforturile pe care trebuiau să le depună în vânătoarea lor pentru a cuceri o femeie.

Uriașul îi aruncă femeii o privire, iar ochii lui îi arătară că îi înțelegea reticența. Ca urmare, el își încetini pasul pentru a și-l potrivi cu al ei.

Femeia purta tocuri cui înalte, iar tălpile ei îi mulțumiră bărbatului. Când și-a pus pantofii cu tocuri înalte în seara aceea, înainte de a merge la petrecere, aceasta nu își imaginase că le va purta pe un teren tare și denivelat.

Când au ajuns cam la patruzeci de metri de casă, în umbra copacilor care se întindeau de-a lungul cărării în zona aceea, bărbatul i-a înșfăcat brațul femeii, iar apoi a tras-o spre un colț mai izolat al grădinii. Pusese destul de multă forță în acea acțiune, iar mișcarea lui brutală a speriat-o pe aceasta.

Un fior îi trecu femeii pe la ceafă. Acesta trimise mai apoi tentacule de spaimă de-a lungul șirei spinării ei și de-a lungul spatelui picioarelor ei. Un pesentiment negru o înghețã până la oase și îi înlocui dispoziția ei plăcută de mai înainte.

Cu toate acestea, femeia se hotărî să nu accepte orice din partea bărbatului fără să reacționeze. Mai întâi încercă să discute cu el rațional.

Preferă să creadă în posibilitatea că bărbatul devenise prea nerăbdător ca să fie singur cu ea și de aceea își schimbase atitudinea.

În ciuda acestui fapt, cuvintele ei bine alese îi trecură bărbatului pe lângă urechi, iar ea încetă să mai pretindă și începu să i se opună de-a binelea. Își dădu curând seama că eforturile ei nu aveau niciun succes. Era ca și cum ar fi încercat să oprească cursul unui râu.

Indiferent la rugămințile ei, bărbatul o mai târî câțiva metri. Ea continuă să îl implore pentru că nu vedea nicio altă soluție, dar încercările ei eșuară.

Își reîmprospătă eforturile de a-i ține piept și încercă să-și planteze tocurile în pământ pentru a-l opri, dar solul era mult prea uscat și ea nu reușea să se oprească din mers. Nu reușise decât să stârnească un nor de praf care se grăbi să-și găsească adăpost în porii ei.

Picioarele începură să-i tremure ca gelatina și abia reuși să rămână în picioare. Ceva era clar în neregulă cu ce se petrecea acolo. Atât încrederea în sine, cât și sentimentul ei de siguranță se furișaseră pe undeva și dispăruseră în timpul acelui mers forțat printre copaci.

Șocuri electrice de spaimă îi străbăteau brațele. Femeia intră în panică și lacrimile îi arseră obrajii. Îi era jenă că își arăta slăbiciunea și încercă să le oprească, dar degete reci de frică tot îi strângeau inima într-un pumn de fier. Nu mai reușea să tragă aer în piept, iar respirația îi deveni sincopată.

Probabil deja sătul de încercările ei futile de a se desprinde de el, bărbatul se opri brusc și se puse în fața ei. Printre lacrimile care îi șiroiau cu încăpățânare pe obraji, femeia îi analiză cu teamă chipul împietrit.

Bărbatul nici măcar nu clipea și asta avu puterea de a o deconcerta și mai mult. El numai o privirea cu ochi reci, fără niciun pic de viață în ei, iar acea privire îi strivi orice speranță.

Femeia încercă să spună ceva din nou, dar acum nu mai avea suficientă putere ca să împingă sunetele dincolo de buze. Gâtlejul refuza să mai funcționeze, iar gura îi era mai uscată decât solul pe care îl simțea sub tălpile subțiri ale pantofilor ei eleganți.

Femeia aruncă o privire înapoi spre casă cu speranță reînnoită, dar din păcate, prematură, pentru că observă că arborii ascundeau casa de ochii ei. Buzele îi tremurară când își dădu seama că nimeni nu o putea vedea sau auzi.

Un colț al gurii bărbatului se ridică într-un rânjet satisfăcut și disprețuitor, iar ea avu senzația că cineva a împroșcat-o cu apă rece peste față.

Chiar dacă teama îi tot creștea și acum atinsese noi culmi, ea tot reuși să înțeleagă că ceea ce simțea el pentru ea nu era altceva decât dispreț.

Acel lucru o șocă. Nu era primul șoc pe care îl resimțise în seara aceea, cu siguranță, dar acesta o lovi cu forța unui cablu de curent neizolat, iar mintea îi alergă dezordonat în toate direcțiile, încercând să găsească o explicație plauzibilă pentru comportamentul lui.

Întotdeauna fusese convinsă că bărbații o admirau, ba chiar unii o adorau pur și simplu. Destul de des, privirile lor fierbinți o încălziseră și știa că nu se înșela.

Ea îi întoarse privirea cu ochi obosiți. Încercă să descifreze ce se afla în spatele măștii pe care el o afișa, dar intuiția ei se ascunsese pe undeva și nu îi mai era de niciun fel de ajutor.

Bărbatul solid o studie și el câteva momente cu atenție, iar mai apoi, acesta întinse mâna și îi prinse bluza de mătase în pumn. Atingerea lui brutală o aduse înapoi la realitatea care transformase un interludiu romantic într-un film de groază.

Acum frica ei clocotea aproape de suprafață, iar cum, din cauza fricii, creierul ei îi trimitea semnale confuze, femeia mai că izbucni într-un râs isteric.

În acel moment înghețat în timp, bluza aceea moale, care îi mângâia curbura sânilor, devenise cel mai important lucru din lume pentru ea. Era foarte mândră de ea, pentru că aceasta reprezenta unul din simbolurile pe care ea le atașase vieții pe care și-o construise pentru sine.

Pentru ea, acea bucată de mătase scumpă devenise dovada tangibilă că depășise toate așteptările pe care atât ea, cât și alți oameni le avuseseră de la ea.

Dar, mult mai important, că reușise să scape de circumstanțele nașterii ei, care o situase de la început în rândurile clasei muncitoare.

Imaginea acelei mâini întunecate și amenințătoare pe bluza ei prețioasă stârni o altă scânteie de spaimă în inima ei, dar o determină și să vadă roșu în fața ochilor.

Mâna musculoasă trase cu putere și îi sfâșie bluza subțire. Aceasta deveni practic o zdreanță. Spaima și presiunea furiei ei atunci când își văzu bluza prețioasă distrusă fără milă o împinseră să scoată un urlet de luptă printre buzele tremurătoare.

Femeia abandonă orice gând rațional și se aruncă asupra barbatului. Pantofii ei găsiră locuri expuse la durere în fluierele picioarelor bărbatului și acesta gemu. Unghiile ei țintiră chipul lui frumos și nemilos, pe care îl admirase numai cu câteva minute înainte, iar sângele țâșni din zgârieturile pe care le lăsară în urma lor.

El se luptă cu ea și o dezechilibră cu un dos de palmă peste față. Ea se clătină spre spate și strigă din nou și nu numai din cauza durerii.

Acel strigăt purta ecourile terorii care i se strecurase în oase pe nesimțite și care îi scurtcircuitase celulele creierului. Bărbatul era puternic, iar ea nu era în stare să se apere împotriva forței brute de care acesta era capabil.

Și cu toate acestea, strigătul ei muri curând. Un alt bărbat o prinse de gât din spate, iar degetele lui îi strângeau gâtlejul într-o menghină, sugrumând astfel orice sunet pe care ea l-ar fi scos.

Ea se mustră pe sine pentru că în fierbințeala luptei uitase să mai dea atenție la ce se întâmpla în jur și, de aceea, nu îi auzise pașii celuilalt bărbat. Cu toate acestea, își promise să nu se lase învinsă fără a se lupta din toate puterile.

Femeia încercă să își înfigă unghiile în pielea mâinii celui care o apucase de gât, dar el nu dădea niciun semn că ar fi resimțit durerea. Doar din pur instinct, își direcționă tocurile cui în fluierul piciorului său, dar nu avu certitudinea că a reușit să-l rănească cu adevărat.

Degetele lui i se afundară și mai mult în pielea delicată, lăsând în urmă vânătăi care-i marcau albeața fără niciun defect al epidermei. Căile ei respiratorii se contractară, iar femeia se scufundă încet în neantul inconștienței care îi întuneca creierul.

Înainte de a leșina de-a binelea, mai avu timp să înregistreze alte degete care se înnodau în părul ei, dar în acel moment mintea ei deja depășise pragul terorii și anxietății.

Neputința îi copleși colțul solitar al minții care încă îi mai funcționa. Ultimul lucru la care se gândi a fost că nu mai exista nicio cale de ieșire din situația în care se găsea. Nu ar fi fost posibil să-și cumpere libertatea și nici să se lupte pentru ea. Pierduse jocul cu viața, iar aceea era noaptea ei.

Ușoara pâlpâire de viață din corpul ei avu darul de a face lucrurile suficient de interesante pentru bărbații din jurul ei. Cel de-al treilea bărbat, cel care își înfipsese degetele în părul ei, o aruncă la pământ în umbra tufișului încărcat cu biluțe roșii. Fusta i se ridicase pe coapse, iar albeața pielii expuse lumină întunericul.

Toți trei stăteau încă aplecați deasupra ei. Îi priviră trupul căzut la pământ timp de câteva secunde, iar unul dintre atacatori rânji cu satisfacție. Ochii lui se plimbară între trupul ei și fructele de pădure roșii ale tufișului.

Urâțenia surâsului lui ironic dezvăluia faptul că el știa bine că frumusețea fructelor roșii mergea mână în mână cu otrava lor și considera că se potriveau foarte bine cu situația. Femeia era pe punctul de a primi ceea ce merita. Otrava merita otravă.

AXEL SE TREZI BRUSC, cu o tresărire, iar ochii lui, încă pe jumătate acoperiți de pleoape, trecură în revistă dormitorul. Lumina lunii se reflecta în panourile de sticlă de pe peretele sudic al încăperii și umplea colțurile camerei cu umbre.

Inima îi bătea cu putere în piept. Pentru un scurt moment umplut de teroare, avusese impresia că se găsea în realitate acolo, cu acei bărbați, care încă se mai uitau fix la trupul femeii ce zăcea pe pământ în umbra acelui tufiș pe care îl văzuse în vis.

Acum, treaz de-a binelea, respiră adânc și își închise ochii de ușurare. Nu se găsea în altă parte. Era tot în casa lui.

Însă ușurarea lui Axel nu dură prea mult. Nici nu-și închisese ochii bine că îi apăru în minte o nouă viziune a trupului sfărâmat al femeii.

Aceasta zăcea tot acolo pe jos, pe acel teren tare și arid pe care îl văzuse deja în visul său. Acum o ploaie monotonă îi biciuia trupul nemilos și spăla modelul care fusese pictat cu sânge pe trupul ei, iar sângele ei hrănea solul deshidratat de sub ea.

Viziunea sa era atât de detaliată încât Axel era capabil să vadă până și picăturile de ploaie care atârnau de genele femeii. Lumina din ochii ei s-a diminuat mai întâi, iar apoi s-a stins complet. Liniile de pe fruntea ei se adânciseră mai mult și îi marcau trecerea anilor pe chip.

Cu câteva ore în urmă, acel chip nu avusese nici cel mai mic defect. Acum un X îi marca pometele stâng, iar trăsăturile îi trădau osteneala, durerea și disperarea.

Axel își flexă degetele, iar apoi își șterse palmele umede de coapse. Viziunile lui Axel nu erau întotdeauna atât de detaliate, dar mai existau unele excepții, cum era cea pe care o avusese în noaptea aceea.

Când imaginea s-a estompat, Axel expiră zgomotos, iar apoi inspiră adânc. Își șterse fruntea și observă că degetele nu îi erau la fel de ferme cum le știa el.

Axel își scutură capul și coborî din pat, încercând să se ridice în picioare. Trebui să se sprijine de noptieră câteva secunde, înainte de a-și încerca din nou picioarele care îi tremurau.

Dacă ar fi fost doar o noapte obișnuită, bărbatul nu ar fi avut nevoie de ajutor pentru a se orienta. Axel își cunoștea bârlogul la fel de bine precum dosul palmei sale și își putea găsi drumul prin camere chiar dacă nu ar fi dat draperiile la o parte pentru ca încăperile să fie îmbăiate în lumina lunii. Și totuși, în noaptea aceea se văzu nevoit să se țină de pereți numai pentru a-și găsi drumul spre baie.

Acolo, își sprijini mâinile de chiuvetă și se uită fix la imaginea sa reflectată în oglindă. Își dădu seama curând că nu îl ajuta cu nimic să se holbeze la chipul lui.

Dădu drumul la robinet și își umplu pumnii cu apă rece pe care și-o aruncă mai apoi peste față cu generozitate.

Când trepidația îi părăsi trupul, Axel bău o gură de apă. Își simțea gura uscată și limba mai că i se lipise de cerul gurii. Dar tot nu simți că era de ajuns, așa că își perie și dinții, iar numai după aceea părăsi baia.

O porni spre terasă, dar ezită după câțiva pași. Se simțea neliniștit și avea nevoie de ceva mai mult decât numai să asculte bufnițele care strigau în noapte și sunetele lacului.

Ridicând din umeri, se întoarse și părăsi dormitorul. Avea nevoie de un pahar din cel mai bun whiskey al lui pentru a spăla gustul metalic al morții care încă îi mai sălășuia în gură pentru că pasta de dinți nu reușise să-l îndepărteze. De asemenea, trebuia să ia o hotărâre.

Axel nu-i știa pe oamenii pe care-i văzuse în visul său, dar cunoștea casa și mai văzuse acea grădină înainte. Se plimbase prin ea de multe ori în trecut și știa exact unde să găsească acel tufiș plin de boabe roșii care acum străjuia trupul fără viață al femeii.

Acum trebuia numai să se decidă ce să spună poliției și cum. Nu dorea să dezvăluie cum aflase despre crimă, dar știa că ei îl vor întreba și el trebuia să planifice o strategie.

CAPITOLUL 1 – UN EPITAF POTRIVIT

KLAVDIYA SE NĂSCUSE pe țărmul unui mic lac în Rusia în urmă cu patruzeci de ani. Informația de pe iPad-ul lui Leah nu o arăta, dar plouase în ziua când Klavdiya venise pe lume.

Femeia se căsătorise primăvara când cireșii erau în floare. Avea vârsta de optsprezece ani pe-atunci. Divorțase toamna când ploi aspre spălaseră pământul și frunzele căzute. Femeia avea deja un băiețel atârnat de fuste.

Tânăra femeie imigrase în Canada în vara următoare, unde, mai înainte de a pleca din țara ei, își găsise o slujbă la firma unei prietene din copilărie.

Își crescuse băiatul în așa fel încât să fie capabil să stea pe propriile lui picioare, iar atunci când el părăsise casa părintească pentru a-și urma propriul drum, ea începuse să-și arunce privirile în jur, pregătită să iasă la vânătoare.

Venise și timpul ei, în sfârșit, iar ea își dorea un bărbat care să aibă și bani. Nu i-ar fi acordat unui bărbat nici măcar o clipă din timpul ei dacă acesta nu i-ar fi îndeplinit anumite așteptări. Acesta trebuia să fie bine îmbrăcat, bine educat și cu un portofoliu bogat.

Klavdiya murise pe țărmul altui lac și pe alt continent. Viața ei făcuse un cerc complet. Venise pe lume cu o neliniște anume în suflet și cu setea să-și depășească limitele lumii în care se născuse, dar murise fără să-și afle liniștea.

Leah stătea pe vine și privea trupul lovit și sfărâmat care zăcea la picioarele ei în umbra unui tufiș cu fructe de pădure. Se gândi că, până la urmă, acela era un epitaf destul de potrivit pentru femeia aceea.

Știa că o judeca pe femeie cu duritate, dar ce simțise când atinsese trupul acela fără viață o făcuse să se gândească la cuvintele unei prietene de-a ei: *Unii oameni parcă anume cheamă necazurile spre ei. În cea mai mare parte a timpului, până la urmă, necazul le răspunde la apel.*

Leah își scutură capul și se certă pe sine însăși. Nimeni nu ar fi cerut să aibă parte de soarta pe care o avusese acea femeie.

Detectiva se ridică și își închise iPad-ul, iar apoi, își aruncă ochii spre medicul legist, care își scosese mănușile chirurgicale tacticos, iar acum își dezinfecta mâinile cu dezinfectant.

Ea una nu putea înțelege defel rostul acțiunilor medicului. Și cu toate acestea, îl văzuse pe Dr. Connelly executând același ritual de fiecare dată când era chemat la scena unui omucid.

Detectiva îl cunoștea pe bărbat de mai mulți ani, dar micile ciudățenii ale doctorului nu încetau niciodată să o uimească. Chiar de la începutul cunoștinței lor, acesta îi stârnise curiozitatea, dar o și înduioșase.

Aptitudinile de empat ale lui Leah erau puternic stârnite ori de câte ori privea la acel omul în vârstă morocănos. Aflase că doctorul nu trecuse încă de șaizeci de ani, și totuși, ori de câte ori se gândea ea la el avea senzația că miroase o bucată veche de pergament, iar de aceea prinsese obiceiul să se gândească la el ca la un om bătrân.

—Ai ceva să-mi spui, doctore? îl întrebă ea cu vioiciune în glas.

Leah îi punea doctorului acea întrebare mereu. Se gândea că o făcea, probabil, numai din cauză că devenise un obicei. Detectiva simțea impulsul să-l întrebe chiar dacă știa că el nu îi va da niciun răspuns.

Doctor legist Connelly era singurul medic legist dintre cei ce lucrau pentru poliția din Toronto care nu se hazarda niciodată să își exprime punctul de vedere asupra cauzei decesului înainte de a fi încheiat autopsia.

Leah se întoarse spre el exact la timp ca să-l vadă încruntându-se, iar un zâmbet mic îi ridică colțul drept al gurii polițistei.

Leah îi știa reacțiile doctorului pe de rost și ar fi putut să le prezică cu mare acuratețe. De fapt, îi plăceau, iar ea simțea o plăcere perversă în a-l ațâța pe doctor de fiecare dată. Răspunsurile lui îi luminau întotdeauna ziua.

—Detective, când voi avea o cauză a decesului, vei fi prima informată, îi răspunse el cu asprime, iar ochii lui vulturești se fixară asupra ei.

Neplăcerea îi era trădată și de curba strânsă a gurii. Tonul său era aspru, dar, în același timp, omul avea și o manieră de a-și tărăgăna vorbele care îl făcea pe interlocutor foarte conștient de sarcasmul ce picura din cuvintele lui precum molasa în apă.

Şi totuşi, Leah simţi căldura din spatele cuvintelor sale aspre şi îi dărui unul din zâmbetele ei de pisică. Irişii ei de un albastru-verzui intensificară efectul zâmbetului ei şi îi dădură o alură ciudată.

Doctorul se cutremură şi, brusc, se întoarse şi părăsi scena crimei după ce lătră un ordin către cei doi bărbaţi care aşteptau mai la o parte pentru a ridica cadavrul.

Leah îşi aruncă privirea spre Klavdiya pentru ultima oară. Acum nu mai simţea nicio vibraţie venind dinspre trupul femeii. Cum ultima picătură de căldură părăsea corpul, sentimentele ce rămăseseră în urmă, precum şi gândurile ocazionale ale victimei, se destrămau şi ele.

Acum Leah percepea trupul victimei precum o scoică goală şi nu era treaba ei să se preocupe de acea scoică. Rolul ei era să răzbune victima şi să aducă din nou echilibrul în lume.

Un lucru era foarte clar în legătură cu Leah. Aceasta avea un sens al responsabilităţii puternic şi niciodată nu dădea înapoi atunci când era vorba de îndatoririle sale. Simţul ei înnăscut de dreptate fusese cel ce o împinsese pe acel drum dificil, spre marea mâhnire a familiei ei.

Leah provenea dintr-o linie lungă de empaţi. Unii dintre ei aveau abilităţi mai puternice decât alţii, dar toţi erau capabili să simtă ceva şi să citească oamenii pe baza a ceea ce simţeau.

De mai bine de patru generaţii, membrii familiei sale număraseră mai mulţi psihologi şi consilieri, iar ei se aşteptaseră ca şi ea să le urmeze drumul.

Tradiţia reprezenta un lucru foarte important pentru familia ei şi aceştia speraseră până în ultima clipă. Nu se resemnaseră decât atunci când Leah şi-a depus jurământul de poliţistă.

Leah era conștientă că reprezentase un fel de dezamăgire pentru părinții ei, dar cu toate acestea, dacă ar fi fost să o ia de la început, ar fi ales aceeași cale din nou.

Se hotărâse să devină detectiv și să-și păstreze abilitățile secrete. Munca de polițist era destul de haotică, așa că nu era cazul să mai adauge și ea ceva în plus la suspiciunea și stresul vieții colegilor săi.

Oamenii nu ar fi reacționat prea bine dacă și-ar fi dat seama că ea știa ce simțeau și, uneori, chiar și din ce cauză aveau sentimentele pe care le aveau. Ei aveau nevoie să se simtă în largul lor și să știe că puteau conta pe faptul că gândurile și sentimentele le rămâneau private.

O fi fost Leah o dezamăgire pentru ai ei la început, dar aceștia au trecut peste neplăcerea lor destul de repede. Femeia știa că erau cât de cât mulțumiți pentru că cel puțin ea nu alesese o altă linie de muncă.

Fuseseră cazuri în clanul lor când unii dintre membri îmbrățișaseră o carieră prin care îi amăgeau și păcăleau pe oameni. Aveau aptitudinile necesare pentru a-i orbi cu ușurință, așa că nu era o profesie prea dificilă de urmat pentru ei. Doar aveau toate atuurile în mână.

După primii trei ani ai carierei ei, părinții ei se obișnuiseră cu profesiunea pe care o alesese și renunțaseră să mai facă eforturi pentru a o determina să și-o schimbe. De asemenea, aceștia simțeau că Leah era menită să aducă un anumit echilibru în lume și erau satisfăcuți că aceasta avea un respect profund față de responsabilitățile pe care ei trebuiau să și le asume.

CAPITOLUL 2 – FEMEIE VERSUS POLIȚISTĂ

POLIȚISTA SE ÎNDREPTĂ spre mașina sa cu pași mari. Acum că terminase cercetarea scenei crimei, se grăbea să ajungă înapoi la birou pentru ca să verifice anumite lucruri.

În mod deosebit, dorea să asculte apelul care venise la dispeceratul de urgențe și care îi anunțase unde puteau găsi victima. Apelantul descrisese împrejurimile și evenimentele cu prea mare acuratețe, iar aceea nu putea fi calificată ca o simplă coincidență.

Leah era convinsă că bărbatul acela a fost cel puțin martor la ceea ce se întâmplase și, de aceea, evident, îl considera și suspect. Palmele o mâncau efectiv din cauza dorinței de a-l reține și de a-i pune unele întrebări.

Când își deschise portiera la mașină, Leah observă că partenerul ei, Mark, era deja tolănit pe locul de lângă șofer și se strâmbă. Se uitase după el mai devreme și nu îl văzuse.

Bărbatul avea un talent aparte de a se face nevăzut. Ceea ce o uimea era faptul că acesta reușea să-și facă slujba în ciuda acelui obicei de a se furișa de la locul faptei, iar ea nu înțelegea cum de așa ceva era posibil.

Mark își aruncă privirea spre Leah și se relaxă și mai bine pe scaun. Mâna în care își ținea iPad-ul, de pe care citea când aceasta deschisese portiera, îi căzu în poală.

Leah observă șuvița de păr rebelă a lui Mark și o sclipire îi apăru locotenentei în ochi. Șuvița aceea era într-un fel marca lui personală, semnul său distinctiv, se gândi ea. Dacă cineva i-ar fi cerut să-l descrie pe ofițer, ar fi început cu ea.

Mark avea deja peste treizeci de ani, dar acea șuviță îi dădea un aer mult mai tineresc. Bărbatul o sufla tot timpul pentru că îi intra în ochi, dar aceasta avea o minte a sa proprie și se întorcea în exact aceeași poziție cu încăpățânare. Mark nici măcar nu părea să fie conștient de gestul său. Îl făcuse atât de des încât îi intrase în obicei și nu se mai putea dezbăra de el.

Acel gest distrat o amuza pe Leah, dar, în același timp, o și nedumerea. Tânăra femeie nu înțelegea de ce Mark nu-și tundea pur și simplu părul pentru a se descotorosi de acea șuviță enervantă. Era evident că îl călca pe nervi, iar în mintea ei, când ceva nu merge, atunci e timpul să faci unele schimbări.

Leah își scutură capul și își alungă gândul. Treaba ei nu era să-i spună lui Mark ce să facă. De timpuriu învățase că oamenilor nu le displăceau nimic mai mult decât sfaturile ce le primeau fără a le fi cerut.

Mai mult decât atât, ei doi aveau probleme mai urgente de discutat, iar ea deja risipise prea mult timp gândindu-se la lucruri care nu aveau nicio legătură cu cazul lor de omor pe care trebuiau să îl rezolve. Leah își aminti că timpul nu se oprea în loc pentru nimeni.

Femeia luă loc în mașină și închise ușa cu un zgomot puternic care răsună în interiorul mașinii. Auzindu-l, se strâmbă. Se întâmpla rar ca Leah să-și lase nemulțumirea să-i controleze atitudinea și, de fiecare dată când așa ceva se întâmpla, avea senzația că ceva o plesnea peste față.

—Zi grea, boss? o întrebă Mark cu un zâmbet reținut pe buze.

Leah își aruncă ochii spre el din nou și observă că bărbatul nu părea să-și dorească să provoace o discuție sau, mai rău, o mustrare, chiar dacă Leah nu își arăta gheruțele prea des.

Aceasta nu însemna că ea nu avea gheruțe. Polițstul simțise acele gheare pe pielea lui de câteva ori de-a lungul timpului și, aparent, nu avea nicio intenție să repete experiența.

Leah îi aruncă o privire aspră. Era adevărat că era mai mare în grad decât el, dar niciodată nu se putuse obișnui să-l audă numind-o *boss*.

Îi ceruse de mai multe ori să-i folosească numele și se aștepta ca bărbatul să-și fi învățat lecția până atunci. Detectiva obosise să-i tot aducă aminte de acel lucru tot timpul, iar uneori se întreba dacă el nu o făcea dinadins, pentru a-i pune la încercare puterea de a se reține. Cu toate acestea, încordarea din jurul ochilor lui, precum și vibrațiile pe care le simțea venind de la Mark, îi contraziceau presupunerea, așa că o abandonă.

Leah se uită afară pe fereastră și observă că soarele deja se ridicase pe cer, un semn clar că zorile veniseră și trecuseră deja. O pasăre neagră, poate un șoim sau un corb, pluti pe cer cu aripile întinse și un sunet ascuțit răsună în urma lui.

În afară de faptul că zburau și se hrăneau cu viermi, Leah știa foarte puține despre păsări. Urmări pasărea arogantă câteva secunde cu privirea, iar după aceea ochii ei trecură peste oamenii adunați la vreo douăzeci de pași mai încolo de panglica galbenă.

Leah reuși să citească un mare areal de sentimente din partea micii adunări. Simți mâhnire, teamă, milă și, da, se simțea și satisfacția marcată de îngâmfare.

Nu era ceva de neașteptat. În ciuda faptului că se spunea că *Niciodată să nu-i vorbești pe morți de rău*, exista mereu cel puțin o persoană care îl ura pe decedat cu pasiune, iar satisfacția resimțită când aflau de moartea victimei îi depășea bunul simț.

Leah nu se mânia niciodată când dădea peste așa ceva. Îi înțelegea pe oameni mai bine decât ar fi putut-o face o persoană obișnuită, iar în mintea ei era loc și pentru astfel de gânduri meschine. Se obișnuise deja cu faptul că ființele umane erau, în fapt, departe de a fi iertătoare.

Dar mai era ceva acolo, diferit de ce simțea în mod obișnuit. Senzația nu era clar definită. Se simțea ca o tentaculă ce îi proba mintea și îi stârnea neliniștea.

Cu grijă, tânăra femeie trecu din nou chipurile oamenilor în revistă, cu ochii educați ai unui ofițer de poliție. În același timp, încercă să le citească și gândurile, folosindu-și aptitudinile pe care și le dezvoltase de-a lungul mai multor ani.

Un bărbat își întoarse spatele încet, înainte ca ochii ei să fi putut ajunge la chipul lui și să-i vadă trăsăturile. Omul o porni spre casă și ea reuși să-și dea seama că pumnii îi erau încleștați în buzunarele pantalonilor săi albi de in.

Omul mergea cu pași mari și leneși, ca și cum nu ar fi avut niciun fel de grijă pe lume. Cu toate acestea, tensiunea se citea clar în linia mușchilor săi de pe spate. Leah era atât de sigură că nu se înșela, că ar fi putut să pună la bătaie cămașa pe care o purta în acel moment.

Ochii ei lâncezirâ pe spatele bărbatului, iar și ea încercă să îl evalueze pe acesta cu obiectivitate, dar tot nu putu distinge nimic altceva decât părul său ondulat de culoarea corbului, care ajungea la gulerul cămășii albe și la linia puternică a umerilor săi. Și totuși, Leah nu putu să nu remarce felul în care se mișcau acei mușchi sub cămașa largă.

Bărbatul îi amintea de o felină elegantă, dar feroce, lăsată în libertate în sălbăticie, absorbită în misiunea sa de a-și patrula propriile sale terenuri de vânătoare.

Leah se concentră pe el până ce acesta dispăru dincolo de linia copacilor decorativi. Nu îl privise cu ochi de femeie, dar spre mâhnirea ei, în ciuda acelui fapt, tot trebui să admită că, fără voie, femeia din interiorul ei a tras cu ochiul la acel specimen puternic de bărbat.

Acel gând făcu să se formeze o cută între sprâncenele ei, iar aceasta se adânci și mai mult atunci când Leah își dădu seama că nu simțise absolut nicio vibrație venind dinspre el. Percepuse ceva tensiune și marginile periferice ale îngrijorării sale, dar nimic altceva.

Acum Leah se îngrijoră ea. I se mai întâmplase așa ceva numai o dată în trecut când se confruntase cu un psihopat în primii săi ani în poliție.

La acea vreme, situația o făcuse să fie confuză, dar mama ei îi arătase că explicația îi era la îndemână. Era perfect normal să nu simtă nimic când avea în fața sa un psihopat. Aceștia nu aveau niciun fel de emoții și, de aceea, nu existau niciun fel de vibrații pe care Leah să le fi putut detecta.

Pe atunci, făcuse tot posibilul să citească tot ce se descoperise în legătură cu psihologia psihopaților, iar nimic din ce aflase nu o încuraja când era vorba să aibă de-a face cu astfel de oameni.

Aceea era principala preocupare a lui Leah și în acest caz. Faptul că nu reușise să perceapă emoțiile bărbatului putea însemna un singur lucru, iar acel lucru nu promitea nimic bun.

—Nu ar trebui să plecăm, Leah? o întrebă Mark.

În același timp, ochii lui supravegheau grădina. Încerca să afle ce o supărase pe Leah atât de tare de se încruntase și uitase să mai părăsească locurile acelea.

Leah își aruncă privirea spre el și abia reuși să-și ascundă surpriza la auzul vocii lui. Se pierduse complet în gândurile sale și uitase că Mark se afla acolo.

Privi înapoi în direcția pe care o luase bărbatul, dar desigur, acesta deja dispăruse. Îi zâmbi strâmb lui Mark și dădu din cap.

—Da, cred că ar trebui să plecăm, Mark, îl aprobă ea, iar apoi porni mașina.

Leah urmă aleea care conducea spre celălalt capăt al grădinii, iar ochii ei priveau cu atenție curbele drumului. Și cu toate acestea, mintea îi era tot la bărbatul pe care nu îl putuse citi defel și care dispăruse pe nesimțite, înainte ca ea să îi poată vedea chipul.

CAPITOLUL 3 – VASE MURDARE DUPĂ CE S-A TERMINAT PETRECEREA

CÂND SE ÎNTOARSE LA birou urmată de Mark, încăperea detectivilor diviziei era plină de zgomote și mișcare ca de obicei. Oricum, Leah învățase deja să ignore acea cacofonie de sunete. Se înconjura într-o bulă de izolare și se concentra pe propriile sale conversații sau pe cercetarea care o avea de făcut la un anumit moment. Deja nu mai dădea deloc atenție la ce se întâmpla în jur. Totul era doar zgomot de fundal.

În tot cazul, era mulțumită că fumatul în încăperea comună a detectivilor diviziei fusese deja interzis. Încă își mai putea aminti fumul și mirosul care erau omniprezente cu câțiva ani în urmă, pe la începutul carierei ei.

Ochii i se înroșeau și îi lăcrimau zile în șir, iar uneori avea accese de tuse pe care cu greu și le putea opri. Înghițise atât de mult gălbenuș de ou crud încât ajunsese să se teamă că, într-o bună zi, va începe să cotcodăcească.

Lucrând în acele condiții nu fusese prea ușor. Evident, oamenii au bodogănit și au protestat când au apărut noile reguli, dar nu au avut succes.

Leah respecta drepturile celorlalți la fel de mult ca oricine, dar se aștepta ca și dreptul ei de a respira aer curat să-i fie respectat.

Dar, cu toate acestea, ea nu se implicase în nici unul dintre argumentele care au explodat la vremea aceea. Știuse că noile reguli privind fumatul vor deveni obligatorii fără să fie nevoie ca să contribuie și ea la discuții, așa că a păstrat tăcerea.

Se dovedise că aceea fusese o hotărâre înțeleaptă. Leah considera că rezerva pe care a arătat-o în acea problemă era motivul pentru care încă îi mai vorbea toată lumea.

Acele discuții înfierbântate separaseră oameni care fuseseră prieteni de ani de zile. Aceștia se împărțiseră în tabere de luptă și multe prietenii s-au încheiat și nu s-au mai refăcut după ce s-a terminat acel război gălăgios.

Oricum, în urmă cu doi ani, Leah se strecurase în tăcere într-unul din birourile de pe colț. Cel puțin așa considera ea, pentru că, în realitate, tenacitatea și îndrăzneala ei în rezolvarea cazurilor o ajutaseră să avanseze în grad și să-și afirme competența în domeniu.

Gradul de locotenent îi deschisese ușa acelui birou. Leah nu își făcuse loc în acea încăpere simbolică pentru că ar fi avut abilitatea de a fi diplomatică.

Poate că polițista nutrea credința că ar fi fost o diplomată desăvârșită, însă abilitățile sale de empat nu o ajutaseră pe Leah să-și dezvolte și aptitudinile necesare pentru a înainta pe scara ierarhică numai cu vorbe bine plasate.

Nu că ar fi avut ea prea mult tact. Erau multe momente în care Leah era mult prea directă și îi plăcea să le spună oamenilor pe șleau ceea ce gândea. Memoriile oamenilor erau lungi și niciodată nu uitau astfel de lucruri.

După ce a intrat în biroul ei, Leah îi semnală lui Mark, care o urmase, să închidă ușa în urma lui. Nu că s-ar fi gândit să ascundă ceva față de detectivii din încăperea comună a detectivilor diviziei, pentru că oricum, întregul perete ce dădea spre acea sală era numai din sticlă. Și totuși, acel geam era destul de gros și prezenta o oarecare barieră împotriva gălăgiei omniprezente, iar ea avea nevoie de acea barieră atunci pentru că dorea să înceapă să lucreze la cazul ei de omucidere fără niciun fel de întreruperi fără rost.

Tânăra femeie se așeză pe scaunul din spatele biroului ei și își dădu drumul la computer. Cum știa că acesta necesita destul de mult timp pentru a-și derula programul inițial, ea își porni și iPad-ul și îi făcu semn lui Mark să ia loc pe unul dintre scaunele din fața biroului ei și să facă același lucru.

Biroul ei era funcțional. Nu exista nici măcar un obiect acolo care să nu aibă o funcție practică.

Lui Leah nu-i prea plăceau niciun fel de zorzoane în spațiul ei de lucru. Descoperise că le prefera acasă unde anumiți oameni nu aveau acces. Astfel, aceștia nu ar fi avut ocazia să arunce o privire în ceea ce era în mintea ei.

Nici măcar o poză nu îndulcea tăblia mesei ei de lucru. Pe acesta se găseau numai trei coșuri mici pe care ea le umplea regulat cu diverse gustări. Doar acestea ce mai dădeau o notă de culoare decorului ei spartan. Leah le considera practice pentru că nu avea mereu timp să iasă și să își cumpere ceva să mănânce în timpul zilei.

—Deci, Mark, hai să vedem ce ai tu acolo, îl invită ea pe ofiţer să-şi înceapă relatarea.

Mark dădu din cap, dar mai întâi se aplecă deasupra mesei ei pentru a verifica cu grijă coşuleţele cu gustări. Avu surpriza să remarce că de data aceasta Leah le umpluse cu struguri, alune de caju şi arahide.

Acum, aceasta l-a dezamăgit profund, iar cuta dintre sprâncenele sale s-a adâncit. Cu o zi înainte, ea avusese o selecţie de prăjiturele, iar el se delectase cu toate.

Bărbatul se posomorî de mâhnire, dar, cu toate acestea, luă absent o boabă de strugure şi şi-o aruncă în gură. Numai apoi îşi întoarse atenţia şi la iPad-ul pe care îl avea în mână.

Leah zâmbi amuzată şi îşi întoarse ochii spre computerul ei pentru ca el să nu se simtă jenat. Nu ar fi vrut ca el să-şi dea seama că ea îi urmărise toate mişcările.

Uneori, Mark o amuza nespus cu gusturile sale copilăreşti. Ea schimbase tipul de gustări dinadins. Aceea era răzbunarea ei mică şi meschină pentru că, în ziua precedentă, el pur şi simplu îi devalizase stocul de prăjiturele de pe masă. Ea nu apucase să ronţăie mai mult de una şi brusc, pe nesimţite, nu mai rămăsese nici măcar o bucăţică în coşuleţe.

Leah ştia că dădea dovadă de răutate, dar o amuzau reacţiile lui Mark, iar dacă ea furniza gustările, atunci, cel puţin, el îi putea furniza distracţia.

—Am vorbit cu domnul Papadopoulos, proprietarul casei, începu Mark, şi am aflat că a avut o petrecere noaptea trecută. Aceasta nu s-a încheiat până târziu, aproape de dimineaţă, preciză el, iar apoi îşi ridică privirea spre ea.

Leah aprobă dând din cap, ceea ce reprezenta semnalul pentru ca el să continue. Mark se uită peste ce avea în iPad, iar apoi spuse:

—Înțeleg că a avut în jur de șaizeci de oaspeți și nu mi-a putut confirma pe unde s-a găsit fiecare în timpul petrecerii... Considerând numărul mare de oameni invitați, cred că ar fi fost chiar imposibil să poată știi ce a făcut fiecare, observă el, ridicându-și privirea spre ea din nou.

—Da, ar fi fost imposibil, acceptă ea pe o voce moale, deși își imagina că un om cu mijloacele financiare ale domnului Papadopoulos ar fi avut și personalul necesar pentru a ține sub observație toți acei musafiri.

Un om cu statutul lui nu ar fi permis oricui să pășească în anumite zone ale casei. Ar fi avut la dispoziție și pe statul de plată un număr destul de mare de oameni de securitate pentru a se asigura că anumite hotare nu erau încălcate.

Mark dădu din cap cu satisfacție, iar apoi își continuă raportul, fără să ghicească ce gânduri îi treceau lui Leah prin cap.

—Înțeleg că victima, Klavdiya, nu se găsea pe listă.

—Cum așa? îl întrebă Leah, aplecându-se în față, uluită.

Acum, îi era ațâțată curiozitatea. Faptul că victima nu se găsea pe listă nu prea suna bine. Nimeni nu ar fi trebuit să fie în stare să pătrundă neinvitat la o petrecere în cercurile în care se mișca domnul Papadopoulos. Chiar și o femeie frumoasă cum era Klavdiya ar fi întâlnit opoziție din partea personalului de securitate dacă ar fi încercat să intre în casă neinvitată.

—Am vrut să spun că numele ei nu se găsește pe listă, își corectă Mark declarația anterioară în grabă. Se găsea sub adnotația *plus unul*, se gândi el să adauge.

Leah avea pretenţia ca el să fie foarte precis întotdeauna.

—Ah, acum pricep, spuse ea, iar înţelegerea îi luci în ochi. A venit acolo cu cineva.

Mark dădu din cap aprobându-i cuvintele, iar apoi se uită din nou peste notele pe care şi le făcuse în iPad:

—Un domn Angelus...

—Şi unde se găsea acel domn Angelus când femeia care îl însoţise la petrecere era ucisă? îl întrebă ea pe un ton dur.

—Acesta părăsise deja petrecerea de vreo două ore. Vreau să spun că plecase cu vreo două ore înainte ca victima să fie zărită în casă pentru ultima oară, se grăbi el să precizeze.

Ştia că lui Leah nu-i plăcea defel când ofiţerii ei nu erau precişi în detalii, iar el deja călcase strâmb o dată în dimineaţa aceea. Poliţista nu era răutăcioasă, dar ochii ei îl străpungeau pe cel ce a greşit şi nimeni nu se simţea în largul lui când Leah începea să mustre pe careva. Mark suportase mai uşor până şi predicile părinţilor săi de-a lungul anilor.

—De ce? De ce a plecat fără ea? se aplecă Leah peste masă din nou şi îşi sprijini coatele de o parte şi de alta a tastaturii computerului.

—Cineva a spus... de fapt era numai o presupunere din partea persoanei acelea, se gândi Mark să menţioneze, pentru a nu-i da lui Leah niciun fel de idei greşite, că domnul Angelus şi femeia, cu care acesta venise acolo, s-au certat. Ea părea interesată să rămână la petrecere în continuare, iar el dorea să plece... Aşa, că el pur şi simplu a plecat...

—Iar gazda nu a spus nimic... remarcă Leah pe un ton gânditor.

—Păi nu a spus, pentru că domnul Angelus nu şi-a luat deloc *la revedere* de la el, se gândi Mark să menţioneze.

—Cum aşa? se trase Leah pe marginea scaunului şi îşi înclină capul uşor spre dreapta întrebătoare.

Eticheta în acele cercuri ar fi cerut ca omul să-i fi spus gazdei măcar câteva cuvinte politicoase înainte de a-i părăsi casa.

Mark se înroşi şi îşi coborî privirea. Leah mustăci pentru că avea ea o idee destul de bună legat de ce urma el să-i spună.

Îl auzise ea pe Mark de câteva ori în trecut spunând câte o glumă mai deocheată băieţilor şi niciodată nu-l văzuse roşind. Sau, cel puţin, acesta nu se înroşise înainte ca ochii să-i cadă pe ea şi să-i remarce prezenţa.

Se părea că subordonatul ei avea anumite reticenţe când venea vorba de a pronunţa anumite lucruri în faţa ei, de parcă ar fi trăit în epoca victoriană şi nu ar fi vrut să întineze percepţia pe care Leah o avea despre lume.

Aceea era o altă sursă constantă de amuzament pentru ea. Era efectiv hilar, chiar dacă şi uluitor pentru ea, să vadă că nu-i trecuse niciodată detectivului prin cap că ea deja avea o anumită percepţie asupra lumii în care trăia, percepţie ce includea crime abominabile şi lucruri mult mai rele decât ceea ce ar fi putut el să spună în glumele sau rapoartele sale.

Mark reprezenta o contradicţie în termeni. Acesta era cam cu vreo doi ani mai în vârstă decât Leah, dar fie reacţiona ca un adolescent, fie ca un părinte îngrijorat faţă de ea, iar uneori, Leah găsea că-i era destul de dificil să balanseze acele două faţete ale omului. Uneori chiar se îndoia de echilibrul lui mental, deşi acesta părea să fie un om destul de normal.

—În regulă, Mark, hai, spune-mi, nu te mai codi, îl îndemnă ea să dezvăluie tot.

Zâmbetul care îi apăru lui Leah pe buze denota totuşi şi un pic de răutate.

—Ei bine... gazda era ocupată cu altceva... explică Mark pe ocolite.

—Cu ce? insistă ea cu încăpăţânare.

—Cu... un fotomodel... o femeie frumoasă, a cărei piele rivalizează cu alabastrul şi cu picioare atât de lungi şi bine formate că ar face-o pe Venus să plângă în hohote de necaz, continuă ofiţerul.

Apoi îşi ridică privirea tocmai la timp pentru a vedea sprâncenele lui Leah arcuindu-i-se pe frunte. El bătu cu degetul în iPad şi specifică:

—Asta a spus el, cuvânt cu cuvânt.

—Înţeleg, murmură ea. Avem vreo poză a acestei... Venus moderne, Mark? Ar trebui să ne cam facem şi noi o idee de cum arată, îi explică ea lui Mark care părea ofensat.

Pentru o clipă, bărbatul se temuse că locotenenta intenţiona să spună că el ar fi avut deja o poză cu fotomodelul şi nu-i venea a crede că ea ajunsese la o asemenea concluzie.

Leah îi simţi ultragiul şi încercă să-i aline temerile.

—Nu, nu chiar, se bâlbâi Mark.

Ochii îi erau fixaţi pe modelul geometric al covorului de parcă ar fi descoperit ceva interesant acolo, ceva ce nu mai văzuse de-a lungul ultimelor două luni de când covorul fusese înlocuit. Apoi, îşi întoarse privirea spre ea şi propuse:

—Putem încerca pe Internet. Sunt sigur că trebuie să fie vreo poză cu ea pe undeva.

Leah îl invită să caute cu un gest larg.

—Evident, Mark, eşti invitatul meu. Caută şi găseşte o poză.

Cu degete agile, Mark deschise browserul pe iPad-ul său și începu o căutare cu numele modelului. Avalanșa de pagini dedicate femeii îl surprinse.

—Nu ar trebui să încercăm doar imaginile? o întrebă el pe Leah. Sunt prea multe pagini cu mențiuni despre ea, își scutură el capul, nemaigăsindu-și cuvintele.

—Hai, să încercăm numai imaginile pe moment, se arătă ea de acord cu el. Dacă este nevoie, vom trece și prin restul mai târziu.

Bărbatul dădu clic pe imagini și pagina se deschise la zeci de fotografii înfățișând frumusețea rece a unei Venus moderne. Leah nu fusese prea departe de țintă când o etichetase astfel pe tânăra femeie.

Detectivii priviră de la o poză la alta și peste tot văzură același zâmbet impersonal și rece. Dinții femeii erau albi și perfecți, iar arcuirea buzelor sale era elegantă, și, cu toate acestea, nu exista niciun fel de lumină în ochii ei.

Dar în ciuda acelui fapt, ambii detectivi trebuiră să admită că gazda petrecerii din seara precedentă fusese foarte precis în descrierea lui. Pielea acelei Venus moderne rivaliza într-adevăr cu alabastrul, iar picioarele îi erau suple și foarte bine formate.

—Acum îl înțeleg pe domnul Papadopoulos, spuse Leah pe un ton liniștit. Nu cred că i-ar fi păsat nici dacă toți musafirii i-ar fi plecat fără să-i spună un cuvânt. Nu atunci când el era ocupat cu... o creatură atât de încântătoare.

Mark nu consideră că mai era nevoie să adauge ceva la cele spuse de ea. Șefa lui deja atinsese miezul problemei.

—Deci acum știm ce făcea gazda când musafira lui a fost ucisă. Avem și lista cu ceilalți invitați? îl întrebă locotenenta pe ofițer.

Mark dădu din cap cu entuziasm și îi arătă iPad-ul său drept dovadă.

—Da, o avem. Domnul Papadopoulos a fost amabil și i-a cerut șefului echipei lui de securitate să îmi furnizeze toată lista. Numele tuturor celor invitați este aici și există un semn lângă fiecare nume al oamenilor care au participat, de fapt, la petrecere. Au fost câțiva care nu au ajuns, sublinie el.

—Interesant, replică Leah pe un ton moale. Aș fi crezut că astfel de petreceri sunt irezistibile și nimeni nu ar trece peste oportunitatea de a participa...

—Presupun, își arătă Mark acordul, dar cu reticență. Cu toate acestea, mai se îmbolnăvesc oamenii sau...

Ea făcu un gest cu mâna pentru a-i opri pomelnicul, iar apoi îi replică:

—Vom vedea noi despre ce a fost vorba, Mark, nicio grijă. Va trebui să-i verificăm pe toți...

—Chiar și pe cei care nu au participat la petrecere? întrebă el pe un ton șocat.

O privi pe șefa sa cu ochii atât de mari că mai aveau puțin și-i săreau din orbite.

Șaizeci de oameni însemna o mulțime de lume și el nu vedea rostul de a-i chestiona pe toți. Fără să mai menționeze că oamenii care trăiau în acel cerc nu prea răspundeau cu ușurință când poliția le punea întrebări.

—Pe toți, repetă ea cu încăpățânare, iar apoi îi surâse sarcastic. Imaginează-ți, Mark, cât de mulți oameni vei reuși să deranjezi. Nu-mi spune că nu îți place să te afli de partea aceasta a fileului și să fii tu cel care pune întrebările, îl ironiză ea.

De fapt, în trecut, avusese ocazia să-i citească plăcerea ascunsă ori de câte ori intervieva suspecți sau martori. Ea simțise că, uneori, bărbatul resimțea o plăcere perversă să aibă un oarecare control asupra acelor oameni și ei, una, nu îi plăcuse acel lucru. Așteptase de ceva vreme șansa de a-i da peste nas cu chestia aceea.

—Dar șaizeci de oameni, mormăi el fără să bage de seamă care era obiectivul cuvintelor lui Leah.

Ochii săi îngustați și liniile tensionate ce i se adunaseră pe frunte dovedeau că nu îl îngrijora decât cantitatea de muncă care urma să cadă în mare parte pe umerii săi. De aceea nici nu-i trecu prin minte că locotenenta pur și simplu îi apăsa butoanele pentru a obține o reacție din partea lui.

Leah își dădu ochii peste cap când îi observă îngustimea minții. Aceea era o trăsătură tipică pentru Mark și, de altfel, aceea era cauza pentru care se afla ea pe scaunul de locotenent și nu el. Bărbatul era un ofiţer bun, dar nu reușea să perceapă tabloul în întregime.

Leah oftă profund pentru a-și controla dezamăgirea. Își imagină că ar pune mâna pe iPad-ul ei și l-ar arunca spre Mark, lovindu-l drept în frunte. Uneori, țeasta lui se dovedea a fi mult prea groasă. Evident că el nici măcar nu își dăduse seama de lecția pe care încercase ea să i-o dea, iar în astfel de momente, simțea o dorință aprigă de a-l zgudui și a-l face să deschidă ochii.

—Ei bine, ridică Leah din umeri cu indiferență, tu îi vei lua pe primii treizeci, iar eu îi voi lua pe următorii, spuse ea ca și cum ar fi fost cea mai ușoară sarcină din lume.

Buzele i se arcuiră într-un zâmbet când observă grimasa de neplăcere de pe chipul lui Mark. O urmă de vină fremătă pe undeva pe la marginile minții ei, dar ea o înăbuși imediat fără milă. Bărbatul merita din plin ceea ce îi făcea ea.

—Aveam planuri, mormăi el, iar degetele îi începură să bată un staccato pe tăblia mesei.

—Ce ai spus? își înclină ea capul pe o parte, pretinzând că nu i-ar fi auzit cuvintele.

—Nimic, nimic, se grăbi el să spună. Poate că ar fi bine să-i aducem și pe Josh și Anna să lucreze la acest caz, spuse el, agățându-se de un pai de speranță.

—Oh, da, asta și intenționez să fac, îl asigură Leah cu nonșalanță. Josh poate discuta cu această Venus și...

—De ce? se tângui Mark înainte de a se putea controla.

Sprâncenele lui Leah se ridicară sus de tot pe frunte, ca și cum șocul resimțit când a auzit scâncetul bărbatului o prădase până și de abilitatea de a articula o silabă.

Îl privi pe acesta circumspect. Ofițerul nu avea o zi bună cu siguranță. Tocmai sărise din lac în puț.

—Pardon, ce ai spus? se interesă locotenenta îndreptându-se și mai mult în scaun.

Se așteptase ca el să încerce să o convingă să îl lase pe el să vorbească cu fotomodelul. Până la urmă era bărbat și niciun bărbat nu i-ar fi înmânat altuia pe tavă șansa de a interacționa cu un specimen atât de desăvârșit de femeie.

Se părea că așteptările ei nu prea corespundeau realității. Ea nu mai auzise în trecut scâncetul pe care îl scosese subordonatul ei.

Emoțiile pe care Leah le simțea clocotind în mintea lui Mark o asaltară. Acestea erau în haos total. Câteva secunde, forța lor aproape că o împiedică să citească ceva concret. Valurile de disperare, lipsă de speranță și regret, ce continuau să vină dinspre el, o copleșiră, iar ea îi aruncă o privire urâtă bărbatului.

Uneori nu era un lucru chiar atât de bun că putea percepe emoțiile pe care le încercau ceilalți. Intensitatea sentimentelor de acum ale lui Mark o copleșiseră, iar palmele i se umeziseră din cauza impactului.

—Mark, uită-te la mine, îi ceru Leah pe o voce fără intonație, privind direct spre el.

Știa că dacă îi vorbea astfel, fără să trădeze ceea ce gândea, avea mai multe șanse să-l facă să o asculte.

Așteptă cu răbdare până ce Mark își ridică într-un final ochii spre ea, iar apoi continuă pe aceeași voce lipsită de orice intonație:

—Dacă te manifești atât de volatil doar pentru că ai auzit că mă gândesc să-i cer altui ofițer să vorbească cu ea, atunci este mai bine să nu fi tu cel care o intervievează. Interviul tău cu acea femeie nu ne-ar fi de niciun ajutor și sunt convinsă că și tu ai vedea acest lucru dacă te-ai opri o clipă din scâncit și ai începe să gândești rațional. . Te-ai face doar de râs, Mark...

Leah îi privi capul plecat și îl bătu pe dosul palmei ca să-l liniștească. I se întâmpla deseori să simtă că anumiți bărbați aveau nevoie de mai multă încurajare decât colegele lor femei.

Mark nu își ridică privirea spre ea și nici nu-i răspunse. Ea îi percepu jena intensă și își scutură capul. Un mic zâmbet îi jucă pe buze câteva clipe, iar după un moment de reflecție, spuse:

—Mi-e teamă că nici Josh nu ar fi o alegere tocmai bună pentru această sarcină... Anna o va intervieva pe fotomodel, decise ea, iar apoi se întoarse spre computerul pe care îl avea pe birou și își introduse parola.

Mark înțelese că discuția pe acel subiect se încheiase și era destul de inteligent să nu o continue. Știa că ori de câte ori Leah lua o hotărâre, nu mai era nicio cale să o convingă să și-o schimbe, iar el nici măcar nu visa să încerce așa ceva.

Era ușor să se lucreze cu locotenenta atâta timp cât oamenii nu încălcau anumite hotare pe care ea le prestabilise. Mark învățase acel lucru într-o manieră dureroasă și nu avea niciun chef să mai primească o altă lecție pe aceeași temă.

—Vrei să îți trimit lista musafirilor de la petrecerea de aseară? Cum vrei să separăm numele între noi? întrebă Mark pe un ton reținut.

Explicația locotenentei îl umilise suficient, iar lui tot nu-i venea să creadă că reacționase ca un adolescent neînțărcat și aceasta chiar în fața șefei lui. Ofițerul se temea că jena nu-i va dispărea prea curând și simți impulsul de a se pocni zdravăn peste cap pentru prostia sa, în mod repetat.

—Da te rog, replică ea distrată.

După aceea deschise opțiunea de căutare din programul pe care îl avea pe computer.

—Ar fi mai ușor dacă aș lua numele direct de pe listă în loc să-ți cer să-mi spui numele pe litere... Mark, du-te în sala detectivilor diviziei și cheamă-i pe Anna și Josh să vină în biroul meu. Ar trebui să fi ajuns la secție deja, continuă ea fără să-și ridice deloc privirea spre Mark.

Pretinse că citea ceva extrem de interesant în contul ei de email și nu își luă ochii de pe monitor până ce nu observă că Mark a părăsit biroul. Lui Leah i-ar fi plăcut enorm să fie capabilă să blocheze toate acele sentimente de jenă care veneau dinspre Mark în valuri continue. Îi părea rău pentru bărbat, dar o parte din ea tot nu se putea opri să nu gândească că era rușinos că un bărbat de treizeci de ani nu era capabil să se controleze și că reacțiile lui o puneau pe ea într-o poziție neplăcută în același timp.

Leah i-o luă în nume de rău din cauza aceea, deși trebui să recunoască față de ea însăși că omul nu avea nici cea mai mică idee de ce se întâmpla și, de aceea, să-l învinovățească nu ajuta la absolut nimic.

Detectiva își scutură capul și împinse acele gânduri undeva în spatele minții ei. Avea alte lucruri asupra cărora trebuia să se concentreze, așa că se întoarse la cercetarea ei. Începu prin a introduce numele Klavdiyei, iar în câteva secunde, datele apărură pe ecran.

Informațiile pe care le găsi despre femeie confirmau unele din impresiile pe care le obținuse înainte ca trupul ei să se răcească complet.

Femeia se născuse într-adevăr în Rusia, deși numele localității care clipea pe ecran nu îi spunea absolut nimic lui Leah. Niciodată nu fusese prea pasionată de geografie, iar în școală studiase doar atât cât să poată promova și nimic mai mult.

Curiozitatea o determină însă să deschidă o altă fereastră de browser și să caute numele orașului pe Google. Descoperi că micul oraș, care se numea Rostov, era un oraș vechi situat în provincia Yoroslavy Oblast și fusese ridicat pe țărmul lacului Nero.

Acesta este un nume interesant pentru un lac, se gândi ea, iar curiozitatea i se stârni și mai mult.

Își făcu o notă mentală să-l verifice mai târziu pe îndelete pentru că acum avea alte lucruri pe care trebuia să le descopere.

De destule ori de-a lungul anilor, lui Leah i se confirmaseră citirile mentale pe care le făcea, dar polițista din ea tot mai avea unele dubii și considera că trebuie să verifice cel puțin de două ori fiecare informație peste care dădea. Nu își permitea să lase nimic în voia șansei atunci când prinderea unui criminal atârna în balanță.

Detectiva se întoarse la datele afișate în programul de căutare al poliției și verifică statutul civil al femeii. Leah află că într-adevăr victima era divorțată și avea un fiu. Aceasta imigrase în Canada când fusese foarte tânără, iar acolo construise o viață stabilă pentru ei doi.

Lucrase pentru aceeași companie de-a lungul întregii vieți petrecute în țara adoptivă, chiar dacă nu se bucurase decât de creșteri salariale meschine pe parcursul trecerii anilor. Cifrele arătau că nu avusese parte de o creștere în salariu de mai mult de doi la sută pe an, iar acea creștere nici măcar nu luase în calcul inflația. Faptul că nu încercase niciodată să-și găsească o altă slujbă dezvăluia multe despre ea.

Când îi atinsese mâna, Leah simțise că acea Klavdiya Alekseyeva fusese o creatură înrobită familiarului. Nu și-ar fi părăsit slujba confortabilă chiar dacă aceasta nu ar fi plătit prea bine.

Femeia nu ar fi încercat să găsească ceva mai bun sau ceva care să-i ofere mai multe provocări. Poate că i-ar fi trecut prin minte așa ceva din când în când, dar nu ar fi acționat niciodată concret pe baza acelor dorințe, pentru că, în fond, Klavdiya nu era tipul de persoană care să fi contestat status quo-ul.

Ofițerul nu găsi niciun fel de relații demne de menționat în căutarea ei așa că își îndreptă atenția spre fiul femeii. Spera să dezgroape ceva în profilul lui care să o ajute.

Daniel Alekseyev avea acum douăzeci și unu de ani și aparent se susținuse financiar singur în ultimii trei ani. Tânărul bărbat fusese înregistrat la o adresă diferită de a Klavdiyei din momentul în care împlinise optsprezece ani.

Deci nu este un tip lipit de fusta mamei, cel puțin pe hârtie, trase Leah concluzia.

Cu toate acestea, ar fi trebuit ca mai întâi să se întâlnească cu el pentru a se asigura că așa stătea situația cu adevărat.

Și profilul lui, ca și al mamei sale, arăta consistență în obiceiurile lui de muncă. Se părea că Daniel lucrase pentru aceeași companie în ultimii șase ani. Începuse să lucreze acolo într-o poziție cu jumătate de normă în timpul liceului, iar apoi continuase cu o slujbă cu normă întreagă după aceea, chiar dacă studia și la colegiu în același timp. Alegerea subiectului de studiu demonstra că acesta intenționa să lucreze pentru aceeași companie și după ce ar fi terminat colegiul.

Se părea că tânărul moștenise obiceiul mamei sale de a lucra pentru aceeași firmă și nu avea niciun fel de intenție ca să își schimbe direcția carierei sale. Cel puțin, el se bucurase de creșteri în salariu mai substanțiale de-a lungul anilor, observă Leah când verifică fereastra care îi prezenta veniturile financiare ale bărbatului. Într-un fel, acel lucru îl distingea de mama lui.

Leah deschise și fereastra ce lista relațiile tânărului și observă că acesta tocmai se căsătorise. Tânăra femeie ce îi devenise soție împărțise deja locuința cu el pe parcursul ultimilor trei ani.

Nunta, care se părea că fusese celebrată cu tot dichisul tradițional, avusese loc exact cu o lună în urmă. De fapt, moartea mamei sale ar fi marcat aniversarea de o lună a căsătoriei lui, iar aceea îi stârni imediat atenția lui Leah.

Dar acela nu era singurul motiv care o determină pe detectivă să strâmbe din nas când a aflat de căsătoria lui Daniel. Polițista se îndoia că un bărbat de vârsta aceea ar fi putut distinge între dorință fizică sau dragostea nebunească a tinereții și iubirea adevărată.

După părerea ei, relațiile puternice aveau nevoie de timp ca să se dezvolte, uneori chiar ani. Atfel nu ar fi putut rezista încercărilor ce ar fi apărut în timp. Recunoștea însă că existau unele excepții de la acea regulă, dar acelea erau foarte puține și nu puteau fi luate în considerare.

Leah ridică din umeri, nefiind dornică să exploreze ideea mai în profunzime, și apoi se întoarse la cercetarea ei. Notă imediat adresa de acasă și de la serviciu a lui Daniel, precum și numerele de telefon unde îl putea găsi pentru a-l contacta chiar în ziua aceea.

După ce aruncă o privire fugară spre ceasul de la mână, decise să-l viziteze la serviciu după vreo două ore. În fond, era necesar să-l anunțe despre moartea mamei sale și nu dorea ca acesta să afle despre ea din veștile prezentate la radio sau televizor.

Leah schimbă parametrii de căutare pentru a vedea ce informații existau despre patroana Klavdiyei, Larissa Petrova.

Nu avusese timp decât să citească informația care se găsea în fereastra cu statutul civil a acesteia când auzi ușa deschizându-se. Își ridică ochii de pe monitor și îi văzu pe Anna, Mark și Josh adunați în cadrul ușii.

—Am bătut la ușă, boss, chiar de câteva ori, dar nu păreai să auzi nimic așa că..., explică Mark de i-au invadat spațiul personal, însoțindu-și cuvintele cu gesturi largi.

Nesiguranța răsuna în vocea lui, iar Leah se încruntă. Îi displăcea ezitarea lui. Se aștepta să fie respectată, dar nu să le fie teamă de ea, iar Mark îi lăsa impresia că într-un fel încurcase hotarele pe care le stabilise ea.

Leah nu avea timp atunci pentru a-i explica totul din nou pe îndelete, așa că îi îndepărtă îngrijorarea cu un semn și fluturându-și mâna spre ei, îi invită să ia loc. Cum rareori lucra cu mai mult de doi sau trei oameni în același timp, păstra locurile din birou la un număr minim. Avea exact trei scaune.

Refuzase oferta de a i se aduce o sofa sau ceva similar în birou. Dacă ar fi vrut să doarmă, s-ar fi putut duce acasă. Când lucra nu avea nevoie de suprafața plată a unei canapele care să o invite la lenevie în timpul programului.

Ofițerii luară loc, ținându-și iPad-urile în mână, iar Leah zâmbi. Până la urmă îi educase bine. Se duseseră de mult zilele în care vreunul dintre ei apărea în biroul ei cu mâinile în buzunare de parcă i-ar fi invitat la o discuție amicală.

—Deja am început să verific victima și pe oamenii apropiați acesteia, începu ea, privind de la unul la celălalt.

Ei dădură din cap în același timp, iar zâmbetul ei se lărgi. Privi înapoi spre monitorul de la computer, iar degetele ei tastară ceva.

—Am împărțit lista între noi. Cred că ar trebui să ne desfășurăm ancheta în două echipe, în întregime sau aproape în întregime, se corectă ea și se lăsă pe spate în scaun. Anna, vreau ca tu să intervievezi fotomodelul singură. Numele ei este Sybil Miller. Am presentimentul că dacă îl iei pe Josh cu tine pentru acest interviu, nu veți obține prea multe rezultate, le explică ea și îi aruncă o privire șireată lui Josh, care se strâmbă auzindu-i decizia.

Ea simțise că Mark îi spusese lui Josh despre frumoasa manechină și acesta sperase să aibă șansa de a se găsi în aceeași încăpere cu ea. Josh văzuse poze cu ea în trecut și chiar de mai multe ori i se întâmplase să aibă niște vise destul de fierbinți cu Sybil în rolul principal.

Leah cântări înțelepciunea de a spune ceva caustic privind speranțele și ambițiile lui, dar decise că ar fi fost mai bine să nu deschidă gura despre acel subiect. Nu i-ar fi fost deloc ușor să-i explice detectivului cum de-i cunoștea dorințele cele mai intime.

—Am împărțit restul listei în două și deja v-am trimis partea voastră de listă la adresele voastre de email, le explică ea Annei și lui Josh. Am nevoie de răspunsuri și am nevoie de ele cât mai curând posibil. Vreau să aflați cine a văzut victima, când și cu cine. Nu uitați, dacă aceasta a ieșit în grădină cu cineva, atunci avem nevoie de numele acelei persoane, descrierea ei și așa mai departe, sublinie ea, lovind cu un deget în tăblia mesei pentru a puncta fiecare cerință.

Leah privi de la unul la celălalt, iar apoi adăugă:

—Știți de fapt cum să vă faceți munca. Nu aveți nevoie de un curs de reîmprospătare a cunoștințelor chiar acum, încheie ea și observă cu satisfacție că toți dădeau din cap cu râvnă.

Cei trei detectivi se ridicară în picioare și se întoarseră spre ușă când Leah spuse:

—Tu ești în echipă cu mine, Mark.

Mark se încruntă înainte de a se întoarce spre ea. Îi plăcea să lucreze cu Leah. De obicei. Cu toate acestea, pe ziua aceea făcuse mult prea multe greșeli și nu prea se simțea în largul lui în preajma ei, așa că i-ar fi surâs să dispună de o zi sau două în care să se regrupeze.

Anna și Josh părăsiră biroul, iar Mark privi după ei cu dor. Leah, care se lăsase pe spate în scaun, îl observă cu amuzament. Știa că lui Mark i-ar fi plăcut să părăsească și el biroul cu colegii lui.

—În regulă, Mark. Trebuie să plecăm, spuse ea și blocă ecranul computerului.

Se ridică de pe scaun și își luă iPad-ul de pe birou. De asemenea, își înhăță și geanta, deși nu suporta deloc să o care după ea. Acum, însă, zielele erau mult prea caniculare și nici nu mai putea fi vorba să poarte vreo jachetă. Fără buzunarele largi ale jachetei, nu avea unde să pună claie peste grămadă lucrurile de care avea nevoie și pe care le căra cu ea în mod obișnuit. Ca urmare, era obligată să poarte geanta aceea cu ea peste tot.

Mark îi deschise ușa lui Leah, iar apoi o urmă în încăperea comună a detectivilor diviziei. Oamenii mergeau de colo colo, iar sunetul mai multor voci îi asaltară pe cei doi detectivi precum o undă de șoc. Leah își grăbi pasul și nu se mai opri până ce nu ajunse la mașina ei.

—Vom lua mașina mea, Mark. Este mult mai practic, spuse ea, iar ofițerul nu îi dădu niciun răspuns, deși ea știa foarte bine că lui nu-i plăcea deloc când ea conducea.

Era posibil ca Mark să fi avut niște concepții destul de largi și deschise în ceea ce privea rolurile asumate de bărbați și femei în viața de zi cu zi. Cu toate acestea, egalitatea în ceea ce privea condusul mașinii nu își găsise loc în acele concepții deloc.

Ideea că o femeie l-ar conduce cu mașina prin oraș nu îi pica prea bine, iar Leah simțise acel lucru destul de frecvent. Cum însă ei îi făcea plăcere să conducă, nu dădea nicio atenție opiniilor sale misogine.

CAPITOLUL 4 – SCHELETE ÎN DULAP

DUPĂ CUM O SFĂTUISE controlul de navigație, Leah parcă în spatele unei clădiri mici și apoi își adună lucrurile înainte de a coborî din mașină. Valul de canicula o lovi din plin și îi răpi respirația. Umiditatea aerului i se agăță de piele cu degete lipicioase, iar sudoarea îi curse pe ceafă și gât și i se adună între sâni.

Mark deja coborâse din mașină și măsura clădirea, ținându-și mâinile strânse în pumni în buzunarele de la pantaloni. Fluiera o melodie veselă în timp ce număra etajele, iar ea remarcă cu gelozie faptul că bărbatului nu părea să-i pese deloc de temperaturile ridicate.

Clădirea era aproape ascunsă într-un buzunar creat de copaci. Aceasta nu era unul dintre zgârie-norii care se puteau vedea în centrul orașului. Cu toate acestea, clădirile din jur aveau șapte, ba chiar și câte zece etaje, în timp ce imobilul din fața lor era mult mai jos. Mark număra patru etaje, incluzând și parterul în socoteala sa.

—Cam izolată, observă Leah, iar Mark o aprobă dând gânditor din cap.

—Este posibil să nu prea aibă mulți vizitatori aici, replică el.

—Nici eu nu cred că au, se arătă ea de acord cu estimarea lui. Înțeleg că aici se creează și se testează jocuri pe computer. Îmi imaginez că este o piață constantă pentru astfel de produse, adăugă ea pe un ton vag întrebător, nesigură dacă era adevărat sau nu.

—Nici măcar nu-ți poți închipui, spuse Mark. Am doi nepoți și sunt înnebuniți după acest tip de jocuri. Soră-mea se plânge mai mereu că trebuie să cheltuie o groază de bani pe jocuri noi.

—Eh, jocurile astea nu sunt pentru mine, ridică Leah din umeri.

Niciodată nu înțelesese rațiunea de a sta în fața computerului și a apăsa pe butoanele de la tastatură pentru a evita vreun pitic sau un dragon sau cine știe ce altceva. Pentru ea, computerul reprezenta doar o unealtă, iar ea înțelegea să-l folosească la potențial maxim, dar nu simțea nevoia să se holbeze la monitor și să pretindă cine știe ce.

Viața îi era oricum destul de plină așa cum era, iar ea mereu rezistase împotriva presiunii celor de-o vârstă cu ea sau a colegilor. Niciodată nu se implicase în vreun divertisment futil.

Urcară scările și intrară în holul clădirii. Instant, aerul rece din interior le luă respirația. Corpurile lor resimțiră șocul termic datorat diferenței dintre atmosfera sufocantă din afară și aerul arctic din interiorul clădirii.

Leah tremură și aruncă o privire piezișă spre Mark. Nici el nu părea să se găsească într-o situație mai fericită decât ea, iar acel lucru îi mai alină mândria.

La începutul carierei sale, tot timpul fusese judecată din cauză că era femeie. Nu putea uita comportamentul discriminator al oamenilor și nici dublul standard la care fusese supusă de multe ori. De aceea își promisese să nu permită nicicând ca sexul ei să ridice întrebări, chiar dacă era conștientă că existau unele diferențe naturale între femei și bărbați. Și totuși, ea tot încerca din greu să compenseze pentru că era femeie.

Schimbări avuseseră loc peste tot în poliție, iar femeile câștigaseră din ce în ce mai mult teren în ultimii câțiva ani, dar ea era încă obligată să suporte privirile piezișe ale colegilor bărbați atunci când scena crimei era excesiv de înfiorătoare sau când nu reușea să-și controleze suficient temperamentul și exploda.

Putea citi în mințile bărbaților ideea că probabil se pierduse cu firea sau era nervoasă din cauză că era în perioada aceea a lunii și că hormonii îi obstrucționau gândirea.

Era adevărat că uneori în timpul acelor perioade își pierdea răbdarea mai rapid, dar hormonii nu puteau fi învinuiți pentru celelalte dăți când se enerva. Atunci era pur și simplu furioasă pentru că cineva a făcut o greșeală serioasă sau pentru că vreunul dintre detectivi nu i-a ascultat ordinele.

Leah își lăsă la o parte gândurile supărătoare și o porni țintă spre biroul de la recepție unde o femeie tânără, ce aducea mai curând a adolescentă, apăsa pe butoanele de la tastatură cu pasiune. În același timp, aceasta răspundea și la apelurile care veneau prin căștile pe care și le proptise peste părul purpuriu.

După ce a ajuns la recepție, detectiva își drese glasul pentru a o face pe recepționeră să-i remarce prezența. Mark se oprise chiar în spatele ei, iar emoțiile lui o asaltară. Leah își dădu seama că tânăra femeie îi luase detectivului respirația.

Recepționista își luă ochii de pe monitor pentru o secundă și le aruncă un zâmbet care ar fi putut rivaliza cu al lui Sybil.

Leah nu trebui să se obosească și să-i citească gândurile sau sentimentele lui Mark pentru a știi ce gândea acesta. Icnetul lui brusc explică absolut totul. Bărbatul era întru totul fascinat. Prospețimea și tinerețea femeii îl surprinsese și îl uluise.

Leah trebui să admită, și nu fără oarecare gelozie, că înfățișarea femeii putea să-l pună la pământ pe orice bărbat care mai avea puls, cât de cât. Impresia favorabilă a lui Leah dură doar o secundă, pentru că femeia le făcu semn să aștepte și apoi se întoarse la tastatura ei.

Acum era rândul lui Leah să fie impresionată. Nu îi venea să-și creadă ochilor. Recepționista achiar dădea dovadă de ceva îndrăzneală. Pur și simplu le-a aruncat o privire, le-a zâmbit, iar apoi s-a întors la jocul ei. Leah era convinsă că aceasta juca un joc video după cum folosea tastatura.

—Domnișoară, o strigă detectiva pe o voce aspră și avu plăcerea să vadă capul tinerei ridicându-se brusc. Nu avem timp să așteptăm până ce îți termeni tu jocul, continuă ea pe același ton dur.

Recepționista își îngustă ochii, dar nu răspunse. Împinse tastatura mai la o parte, iar cu un zâmbet de-acum rece se interesă:

—Cu ce vă pot ajuta?

Leah observă că orice dorinţă ar fi avut aceasta să-i ajute mai înainte se răcise considerabil, iar acum avea aceeaşi temperatură ca şi oceanul Arctic. În ciuda acelui fapt, detectivei nu-i păsă defel de schimbarea produsă în atitudinea femeii, după cum nu-i păsa nici de vibraţiile care veneau dinspre Mark şi care îi dezvăluiau dezamăgirea bărbatului. Oricum, nu se presupunea că acesta ar fi trebuit să facă cuceriri galante în timpul programului.

—Trebuie să vorbim cu Daniel Alekseyev, îi replică detectiva scurt.

Lumina soarelui se reflecta în ochii ei verzui-albaştri şi îi scotea în evidenţa răceala. Dar cu toate acestea, atât Leah cât şi Mark se văzură nevoiţi să o admire pe recepţionistă. Nu păru defel impresionată de chipul şi tonul poliţistei şi îşi păstră aceeaşi atitudine de afaceri de mai înainte.

Femeia copie atitudinea îngheţată a lui Leah şi se interesă:

—Aveţi programată o întâlnire cu el?

Poliţista îi replică:

—Nu, nu avem. Şi cu toate acestea nu sântem nevoiţi să fixăm o întâlnire, adăugă ea, iar surâsul ei ironic o deconcertă pe tânăra femeie, care păru uimită pentru prima dată.

Leah era convinsă că nimeni nu-i dăduse o astfel de replică în trecut.

—Cum aşa? i-o întoarse tânăra pe un ton beligerant după numai câteva secunde de ezitare, iar siguranţa de sine a acesteia îi câştigă respectul poliţistei.

Aceasta nu s-ar fi așteptat ca o femeie atât de tânără să își revină atât de rapid. Fata aceea era într-adevăr deosebită, iar Leah își făcu o notă mentală să ajungă să o cunoască mai bine dacă ar fi avut ocazia. Între timp, căută prin geanta ei și își scoase legitimația și insigna de poliție.

Deși brusca curiozitate și trepidație a recepționistei erau palpabile, singurul semn exterior al surescitării ei era ușoara dilatare a pupilelor. Femeia dădu scurt din cap, iar apoi formă un interior, neluându-și ochii de pe cei doi detectivi.

—Domnule Alekseyev, este cineva aici de la poliție care dorește să vă vadă, spuse ea pe cel mai profesional ton pe care îl putu găsi, iar gura lui Leah schiță un zâmbet.

—Înțeleg, domnule, replică femeia la ceva ce i se spusese și deconectă convorbirea.

După aceea, își întoarse ochii spre Leah și îi spuse:

—Va coborî în vreo câteva minute. Nu doriți să luați un loc? își flutură ea mâna spre zona amenajată pentru așa ceva în colțul îndepărtat al holului, unde soarele se juca cu culorile variate ale scaunelor și dădea strălucire podelei.

—Vom aștepta aici, îi răspunse Leah și își sprijini un cot de biroul de la recepție.

Își întoarse capul spre celălalt colț al holului de la intrare unde o multitudine de plante în ghivece se aflau într-o competiție strânsă pentru lumina soarelui. Lui Leah îi trecu prin minte gândul că cineva a încurcat lucrurile și a plasat florile acolo unde ar fi trebuit să se găsească sala de așteptare.

Când îi aruncă o privire lui Mark își dădu seama că acesta încerca să o vrăjească pe fata de la recepție, dar nu prea avea noroc. Tânăra femeie deja se întorsese la jocul de pe monitorul ei și nu le mai dădea niciun fel de atenție niciunuia dintre ei.

Leah mustăci când percepu frustrarea bărbatului, dar totul nu dură decât o clipă. Se mustră cu severitate imediat după aceea. În ultima vreme, nu prea fusese ea însăși și cam începuse să găsească o plăcere nefirească când îl simțea pe Mark că suferea din cauza a ceva sau făcea vreo greșeală. Acesta nu era un lucru cu care ar fi trebuit să se simtă în largul său și se încruntă, furioasă pe ea însăși.

Auzi ușile de la lift deschizându-se și se întoarse spre sunetul lor tocmai la timp pentru a vedea un bărbat tânăr, îmbrăcat neoficial în haine comode, pășind afară din lift. Mersul lui atletic demonstra că bărbatului îi plăcea să facă gimnastică în mod regulat pentru a se menține într-o formă foarte bună.

O fi fost el dependent de calculator, după cum arăta profilul său, dar cu toate acestea, părea să găsească timp și pentru alte lucruri în viața lui, ceea ce denota un regim de viață echilibrat.

Locotenenta îl invidie. Ea, una, nu avusese niciodată abilitatea să găsească o balanță în ceea ce făcea. Fie exagera făcând anumite lucrurile, fie nu prea făcea altele, dar niciodată nu reușise să găsească un echilibru sănătos în îndeletnicirile ei.

Leah remarcă, de asemenea, că Daniel Alekseyev îi semăna mamei sale. Tânărul bărbat avea aceeași piele albă, scoasă în evidență de părul negru cârlionțat și dezordonat. Bărbatul o privi pe locotenentă cu ochii migdalați și ușor oblici ai mamei sale.

Inițial, când o văzuse pe Klavdiya pentru prima oară, Leah crezuse că acea coafură neglijentă a ei era rezultatul unor ore lungi și extenuante de coafare. Acum, polițista se întrebă dacă nu cumva victima nu fusese, de fapt, norocoasă să se fi născut cu un păr des, încăpățânat ceea ce, în fapt, fusese în avantajul ei.

Nedezlipindu-și ochii de la Daniel, Leah observă că existau și unele diferențe între mamă și fiu. Bărbia lui Daniel era pătrată și era umbrită de începutul unei bărbi pline de speranță. Acel detaliu îl făcea să pară a avea un caracter mai puternic decât avusese Klavdiya. Bărbia slabă a femeii nu o recomanda pe aceea în ochii lui Leah ca fiind o persoană cu tărie de caracter.

Ochii bărbatului îi trădau îngrijorarea și neliniștea. Leah știa că va trebui să-i spună ce se întâmplase și că, astfel, îi va zgudui, probabil, temelia lumii sale, așa cum o cunoștea el. Ei nu-i plăcea defel acea parte a slujbei ei, dar era una din sarcinile ei, până la urmă, iar ea își lua responsabilitățile foarte în serios.

Leah, urmată îndeaproape de Mark, se îndreptă încet spre Daniel și îi întinse mâna.

—Sunt Locotenent Leah MacKay, iar acesta este colegul meu, detectivul Mark Dion.

Bărbatul nu își dădu osteneala să se prezinte, probabil pentru că se gândea că detectivii îi știau deja numele. Le strânse mâinile și un zâmbet politicos îi flutură reticent pe buze. În ciuda acelui fapt, Leah îi percepu tensiunea pe care acesta încerca să o ascundă și decise să nu prelungească acele momente neplăcute.

—Există vreun loc unde am putea vorbi fără să fim întrerupți, domnule Alekseyev? îl întrebă ea aruncând o privire în direcția recepționistei, care, în mod convenabil, uitase de jocul ei pe moment, iar acum îi privea cu o curiozitate nemascată.

Daniel își lăsă capul pe o parte, părând să reflecteze la sugestia ei pentru o clipă. Apoi le propuse:

—Hai să mergem într-una din sălile de ședință de la primul etaj. Nimeni nu ne va deranja acolo și este și liniște.

Se întoarse apoi spre femeia de la recepție și o rugă:

—Jen, ai putea tu să verifici și să vezi care sală de ședințe este liberă timp de o oră de acum încolo?

Recepționista îi replică cu o voce blândă:

—Desigur, domnule Alekseyev.

Femeia se întoarse la tastatura ei și cu abilitate verifică programul sălilor de ședință, iar după aceea, îl informă cu un zâmbet cald pe buze:

—Sala Salcia este liberă, domnule, pentru vreo două ore de acum încolo cel puțin. Ați vrea să vă fac o rezervare pentru ea?

—Da, te rog, fă o rezervare. Mulțumesc, Jen, dădu Daniel din cap spre ea, iar apoi îi conduse pe detectivi spre lift.

Leah simți că omul ar fi dorit să le pună întrebări, dar încerca să se rețină. De asemenea, îi detectă și groaza.

Bărbatul se temea de răspunsurile pe care urma să le primească de la ei. Îi părea rău pentru el, dar ea nu putea să-i aline temerile defel.

După o scurtă călătorie cu liftul, Daniel alese să o ia la dreapta pe un coridor. Îi conduse printr-un labirint de cubicule.

Leah era convinsă că nu ar mai fi fost în stare să-și găsească drumul înapoi spre lift dacă Daniel ar fi decis să nu îi conducă înapoi. Chiar și Mark dădea semne de confuzie și îngrijorare.

Sunetul plin de viață al jocurilor video venea de peste tot și tot felul de exclamații îi învăluiau pe cei trei oameni care avansau de-a lungul platoului. Sprâncenele lui Leah îi săriră sus pe frunte la auzul celor mai colorate interjecții.

—Aceasta este una din sălile de testare, le explică Daniel pe un ton apologetic. Însă nu vă temeți, pentru că nu vom auzi absolut nimic din sala de ședințe. Aceste săli sunt izolate din punct de vedere acustic, le explică el mai departe, iar Leah reuși să discearnă încordarea crescândă din vocea lui.

Nu era însă ceva nou. Ei se loveau în fiecare zi cu așa ceva atunci când se întâlneau cu marea parte a oamenilor pentru prima dată. Cuvântul *poliție* avea acel efect aproape asupra tuturor. Puțini își păstrau sângele rece în astfel de situații.

Ambii detectivi își înclinară capul ca să-i dea de înțeles că au priceput și au continuat să-l urmeze îndeaproape. Nici unul dintre cei doi nu voia să fie lăsat în urmă.

Într-un final, Daniel Alekseyev se opri în fața unei uși masive și introduse un cod pe tableta montată pe perete. Ușa se deschise cu un clic, iar el îi invită cu un gest să intre în sală.

Imediat ce ușa s-a închis în spatele lor, s-au pomenit într-o oază de tranchilitate. Niciun fel de sunet nu se mai auzea de la cubiculele ce se găseau dincolo de ușa închisă, dar nici dinspre strada ce lucea în lumina soarelui dincolo de panourile de sticlă care acopereau întregul perete.

—Arată bine, murmură Mark, iar apoi își aruncă ochii rapid spre Leah.

Leah ghici că acesta dorea să verifice dacă ea l-a auzit. Se presupunea că nu trebuia să arate că era impresionat de încăperea în care intraseră. El ar fi trebuit să își concentreze atenția asupra oamenilor implicați în cazul lor.

Cu toate acestea, Leah nu spuse nimic și alese să pretindă că nu l-a auzit. Părea chiar meschin să îi reproșeze o eroare atât de infimă. Nu era ca și cum nu ar fi avut alte oportunități să se ia de el dacă și-ar fi dorit așa ceva.

Daniel îi invită să ia loc în fotoliile care încadrau masa de ședință. Leah alese un fotoliu vizavi de Daniel și își permise pentru o clipă să savureze fotoliul plușat.

Pe tot drumul până la acea sală, se temuse că va trebui să se așeze într-un fotoliu de piele, iar ea ura efectiv acel tip de scaune vara, chiar și atunci când exista aer condiționat în încăpere. O duceau cu gândul la sudoarea celor care se așezaseră pe ele înaintea ei și se îndoia că erau suficient de igienice.

Teoretic, personalul care se ocupa cu curățenia ar fi trebuit să le curețe în fiecare zi, dar ea se cam temea că aceștia nu se prea oboseau cu acel lucru mereu.

După ce s-au așezat, Daniel privi de la un detectiv la celălalt, și abia acum își găsi curajul să întrebe:

—Ce s-a întâmplat?

În ochii lui, se putea citi o mâhnire genuină, iar Leah simpatiză cu el. Vibrațiile ce veneau dinspre el îi suneau că bărbatul se temea că ceva i se întâmplase soției lui, așa că ea se decise să-i spună absolut totul imediat. Leah nu credea în a tortura pe cineva cu nesiguranța dacă nu exista un motiv bine întemeiat.

Ea știa că bărbatului nu-i va fi ușor să audă ce avea ea de spus. Se aplecă peste masă și se sprijini în coate. Pe o voce calmă și liniștitoare, Leah spuse:

—Îmi pare foarte rău, domnule Alekseyev, dar trebuie să te informez că mama ta a decedat.

Icnetul de mâhnire și surpriză al lui Daniel sfâșie liniștea încăperii. Atât Leah cât și Mark îi priveau reacțiile îndeaproape, chiar dacă se îndoiau că acesta ar fi avut ceva de-a face cu moartea mamei sale. Metoda de ucidere fusese extrem de crudă. Vânătăi și tăieturi marcaseră trupul femeii peste tot, ca și cum crima ar fi fost opera unui nebun.

Ofițerii de poliție nu aveau niciun motiv să creadă că se întâmplase între mamă și fiu ceva într-atât de grav încât să-l fi putut conduce pe acesta la o asemenea atrocitate.

Leah observă că Daniel se lupta cu lacrimile și îl lăsă în pace câteva clipe pentru a se putea aduna și pentru a se obișnui cu vestea cât de cât. Nu în fiecare zi avea cineva ocazia să audă așa ceva și nimeni nu accepta moartea cuiva drag cu ușurință.

Polițista observă cum Daniel își flexa inconștient pumnii pe suprafața netedă a mesei de conferință. Genele îi clipeau spasmodic, iar pentru o clipă ea chiar se temu că bărbatul va începe să plângă. Chiar dacă înțelegea că el avea motive să plângă, ea se temea că nu va știi cum să-l liniștească după aceea pentru a-l face să-i răspundă la întrebări.

Acela era unul dintre lucrurile de care întotdeauna se temea în astfel de interviuri, iar Mark nu era nici el de niciun ajutor în astfel de situații. Singurul lucru la care se pricepea și el era să bată pe cineva liniștitor pe spate o dată sau de două ori și nici aceeea nu o făcea cu prea multă convingere.

Într-un final, Daniel reuși să se adune și o privi drept în ochi când o întrebă cu o voce răgușită:

—Ce s-a întâmplat? A fost călcată de o mașină sau ce?

Leah era pe punctul de a-și clătina capul când observă că Mark făcea exact acel lucru și se controlă. Alese să-i răspundă bărbatului pe un ton liniștit:

—Nu, domnule Alekseyev. A fost ucisă noaptea trecută.

Cuvintele ei l-au șocat. Ochii i se măriră, iar dinții i se înfipseră în buza de sus. Degetele i se prinseră cu așa putere de marginea mesei încât încheieturile acestora se albiră. Puterea vibrațiilor de suferință profundă ce veneau dinspre el o făcu pe Leah să se teamă că șocul îl va copleși și nu va mai fi capabil să îi ajute cu nimic.

Privi repede în jur, căutând o soluție, și observă răcitorul de apă dintr-un colț al încăperii. Îl înghionti pe Mark discret.

—Adu-i un pahar cu apă, îi șopti ea, iar Mark îi aruncă lui Daniel o privire fără să înțeleagă de ce.

Lui Mark îi trebuiră câteva secunde să înțeleagă cererea locotenentei și motivele acesteia pentru a o face. Numai atunci se ridică și se duse spre răcitor să umple un pahar cu apă. Îl aduse înapoi la masă și i-l întinse lui Daniel care îi mulțumi în șoaptă.

Bărbatul bău apa dintr-o înghițitură și apoi își întoarse ochii înnegurați spre Leah.

—Cine a ucis-o pe mama mea? o întrebă el, iar Leah observă cu satisfacție că vocea îi suna mai puternic acum.

Bărbatul reușise să își revină destul de bine, iar acum aveau o șansă să ajungă undeva cu întrebările lor.

—Asta încercăm să aflăm, îi replică ea, ținându-și ochii fix pe Daniel.

Ca și cum ar fi simțit că îl învinovățeau pe el cumva, el se îndreptă.

—Nu mi-am ucis mama, detective, îi replică el pe un ton rece, iar accentul său rusesc, care fusese abia perceptibil când detectivii îl întâlniseră, deveni mai pronunțat. Sper că aveți și alți suspecți în afară de mine, adăugă el tăios, iar implicațiile cuvintelor lui erau clare.

Leah percepu tenta de sarcasm din vocea omului și nu știu exact cum să o ia.

—În acest moment, toată lumea este suspectă, îi replică ea, pe același ton calm. Știu că legea spune că toți sunt inocenți până în momentul în care se dovedesc a fi vinovați, dar eu, una, trebuie să trec prin sită grâul de pleavă și aceasta nu este o sarcină prea ușoară.

Cuvintele ei părură să aibă suficient impact asupra lui Daniel pentru că el o aprobă dând din cap.

—Ce se întâmplă acum? întrebă el.

—Acum îți voi pune întrebări despre relația pe care o aveai cu mama ta, detectiva replică și se lăsă pe spate în fotoliu, punându-și mâinile în poală, de parcă s-ar fi pregătit să asculte o poveste înainte de a merge la culcare.

Lui Daniel îi trebuiră câteva clipe pentru a răspunde, iar apoi își începu relatarea, fixându-și ochii undeva în depărtare:

—Am avut o relație bună... Întotdeauna... Nu era o mamă extrem de strictă, iar regulile ei erau ușor de urmat... Mereu m-a încurajat să fiu independent, responsabil..., își aduse el aminte.

—Și cu toate acestea, ceva s-a întâmplat, interveni Leah.

Bărbatul o privi și dădu din cap cu ezitare. Părea reticent în a explica, dar expresia ei încăpățânată nu-i lăsa niciun loc de întors.

—Am întâlnit-o pe soția mea în liceu... În clasa a noua... Nu este rusoaică...

—A fost aceasta o problemă pentru mama ta? îl întrebă Mark, dar Daniel își scutură capul.

—Nu, nu o interesa așa ceva. A acceptat fără probleme că Biskane (*Focul care arde – nume tradițional pentru Primele Națiuni (Anishinaabe)*) provine dintr-o familie a Primelor Națiuni. Mama nu a arătat niciun fel de opoziție față de ea. O plăcea destul de mult, reafirmă el, iar apoi făcu o pauză.

Leah observă că el se lupta să găsească cuvintele să spună ceva și îl îndemnă pe un ton blând:

—Dacă ai ceva de spus, mai bine ne spui acum... Vom afla oricum până la urmă...

—Oh, nu este vorba de asta, îi alungă el neliniștea cu un gest. Mă gândeam numai... Nu vreau să o judecați pe mama prea dur dar... presupun că nu este altă cale, continuă el și își masă șaua nasului între degetul mare și arătător.

Leah simți ochii lui Mark ațintiți asupra ei și se întoarse spre el. Acesta părea că ar fi vrut să spună ceva, dar ea îl opri cu o scuturare ușoară a capului.

Ea voia ca Daniel să continue să-și prezinte ideile în propriul lui ritm. De-a lungul timpului, învățase că, uneori, dacă întrerupeai firul gândurilor cuiva, nu reușeai să faci deloc lumină într-o anume situație.

—Aparențele au jucat un rol important în percepțiile mamei mele, spuse Daniel cu fermitate, privind de la un detectiv la celălalt. Dacă o femeie era frumoasă, atunci mama mea o considera demnă de valoare... Nu conta dacă acea femeie era proastă sau lacomă sau... orice altceva, clarifică el și ridică din umeri. Soția mea, Biskane, este foarte frumoasă, declară el foarte pragmatic. Când mi-au căzut ochii pe ea prima dată, pur și simplu mi-a luat răsuflarea, le mărturisi el cu un zâmbet îndepărtat și gesticulă cu ambele mâini.

Leah simți că el se simțea puțin jenat de acele mărturisiri, dar ea una începuse să-l placă. Părea să fie real și cu picioarele bine înfipte pe pământ, ceea ce era uluitor pentru un om atât de tânăr.

—Mama pur și simplu a strălucit de bucurie când am adus-o pe Biskane acasă și i-am prezentat-o. Era mândră că oamenii mă vor vedea mergând de mână cu o fată atât de frumoasă... Eram în clasa a noua, după cum v-am spus deja... încercă el să-și adune gândurile și se concentră pe peretele din spatele lui Leah câteva momente.

—Soția mea nu este foarte înaltă, simți el că trebuie să menționeze, dar a fost binecuvântată cu un trup perfect și aceasta încă din adolescență. Rotund unde trebuie să fie rotund, o talie îngustă, picioare lungi... Părul ei este negru ca cerneala, lung și strălucitor... Are pomeții înalți și un pic mai lați. Are un temperament blând și, în general, are o stare de spirit foarte bună... Îi trebuie mult să o facă să se mânie sau să se întristeze... La vremea aceea, nu aveam nevoie de mai mult, desigur, mărturisi el, cu gândurile departe. Eram doar un adolescent controlat de hormoni...

El păstră tăcerea mai mult de un minut, dar Leah nu dorea să-i întrerupă procesul de gândire. Exact când ea se temea că Mark ar putea interveni, Daniel își întoarse ochii spre ei și continuă cu povestirea lui.

—După o vreme am observat că era și inteligentă și bună... Am văzut cât de mult muncea... Pentru mine devenise clar că dorea să facă ceva cu viața ei – părinții ei erau săraci, știți, iar cei din neamul ei au cunoscut timpuri grele... Cred că toată lumea ştie acest lucru... Dar ea era hotărâtă şi... Şi eu apreciez acest lucru în oameni... De altfel, am apreciat acelaşi lucru şi în mama mea, chiar dacă ştiam că era frivolă şi interesată mai curând de aparenţe decât de orice altceva...

Când Daniel se opri din nou şi îşi închise ochii, Leah îşi dădu seama că avea nevoie de timp ca să se adune. Îi aruncă o privire lui Mark şi aproape că zâmbi când observă cât de fascinat era de povestirea omului şi că nu îşi putea lua ochii de la Daniel.

Daniel îşi linse buzele uscate, iar Mark imediat sări de pe scaun şi îi aduse un alt pahar de apă fără să fie nevoie să i se spună. Bărbatul îi mulţumi din plin şi bău şi ultima picătură de apă din paharul de plastic înainte de a-şi începe relatarea din nou.

—M-am mutat împreună cu Biskane când am împlinit optsprezece ani. Lucram deja de trei ani şi chiar dacă începusem cu numai câteva ore, şeful meu a văzut că aveam potenţial şi mi-a dat mai multe, iar apoi şi mai multe... M-a împins şi să merg la Şcoala de Film Toronto şi să studiez design pentru jocuri video şi animaţie. De fapt, el mi-a plătit şi şcoala, iar astfel nu a trebuit să iau împrumuturi şi am fost în stare şi să pun bani deoparte din salariul cu care mă plătea, şi mă plătea destul de bine. Când am împlinit optsprezece ani, aveam deja câteva mii de dolari în economii şi investiţii. M-a tot promovat, iar în nici şase ani, am ajuns lider al unei echipe de design şi câştig mai mult decât câştiga mama mea după aproape douăzeci de ani de muncă... În fine, după ce ne-am mutat împreună, Biskane a început să îşi facă şi ea planuri pentru a-şi continua educaţia. Dorea să devină juristă şi aflase că ar fi putut să ia un împrumut de la OSAP pentru așa ceva. Cu toate acestea, eu știam deja că doream să mă căsătoresc cu ea într-o bună zi. Știam lucrul aceste de ani de zile și nu doream ca ea să fie înglodată în datorii în momentul în care ar fi terminat școala, așa că am plătit eu pentru cursurile ei. Mi se părea că avea sens, dar din păcate, aceasta a supărat-o rău de tot pe mama mea. S-a înfuriat, a acuzat... A fost foarte răutăcioasă cu Biskane... Mi-a spus că părinții ei ar trebui să îi plătească școala, nu eu... I-am atras atenția că nici ea nu mi-a plătit școala mie, iar eu și Biskane locuiam împreună... Mi-a spus lucruri... urâte... A spus că Biskane stătea cu mine numai pentru că eu aveam mai mulți bani decât ea și... să fiu onest cu voi, nu mi-a plăcut ce mi-a spus... I-am spus că totul între noi s-a terminat... Mi-am iubit mama, dar devenise răutăcioasă și nu voia să înceteze defel pe vremea aceea... Am considerat că... dacă asta credea ea despre mine și femeia pe care doream să o iau de soție... atunci nu vedeam de ce mi-aș mai fi pierdut timpul să discut cu ea, încheie el și își lăsă ochii în jos spre tăblia mesei.

Leah observă liniile ce i se formaseră la colțurile gurii și înțelese că bărbatul se controla numai din cauză că avea o voință de fier.

Ea își aruncă ochii spre Mark și mai că izbucni în râs. Bărbatul era atât de fascinat de relatarea lui Daniel, că nici măcar nu clipea. Arăta ca un pui de bufniță și probabil că era prima dată când ea simțea ceva similar tandreței pentru el.

—Aceasta s-a întâmplat cu trei ani în urmă, din câte înțeleg, îi spuse Leah lui Daniel când tăcerea se întinsese pentru prea mult timp, iar el o aprobă înclinând din cap.

—Ați fost certați de atunci?

—Nu, își scutură el capul. Nu am vorbit vreo câteva luni, dar am revenit la normal după aceea... Mă rog, aproape la normal. Exista o oarecare încordare în interacțiunile noastre și știam că aceasta nu va dispărea niciodată... Presupun că eu nu puteam uita ceea ce îmi spusese, iar ea nu mă putea ierta pentru că am dat-o la o parte... Cu toate acestea, chiar ironic, ca să spun așa, mustăci Daniel, Biskane și mama mea au fost cele mai bune prietene din momentul în care ne-am împăcat. Tensiunea exista doar între noi doi, între mine și mama...

—Și la aceasta s-a limitat disensiunea existentă între voi doi, întrebă locotenenta, iar, în același timp, se apleacă în față și își deschise geanta cu gesturi liniștite. Își scoase iPad-ul și îl puse pe masă.

Daniel ezită o clipă, dar apoi decise să fie deschis pe cât posibil. Își scutură capul și spuse:

—Nu, nu a fost... Așa cum am spus, detective, mama mea era cumva victima aparențelor. Când am împlinit șaisprezece ani, a decis că a venit și vremea ei și că avea nevoie de cineva. Așa că a început să își arunce ochii prin jur. Nu am spus nimic atunci pentru că nu am considerat că aveam dreptul, dar ea se uita numai la bărbații care știau să arate o anumită... fațadă. Știți genul, sunt sigur: haine bune, tunsoare la modă, dădeau impresia că aveau bani...

Atât Leah cât și Mark îl aprobară. În cursul investigațiilor lor, văzuseră acel tip și nu numai o singură dată, atât la femei cât și la bărbați.

—A găsit pe unul care s-a mutat cu noi destul de rapid, după părerea mea. Cam așa în vreo două săptămâni... Apoi am înțeles de ce. Omul nu poseda de fapt decât câteva costume și multă aroganță. Nimic mai mult. De-abia fusese concediat, deși el a înfrumusețat povestea și ne-a explicat că intenționa să-și deschidă propria lui afacere și de aceea își părăsise vechiul loc de muncă. Mama mea se îndrăgostea relativ ușor de un bărbat care arăta bine și care știa cum să se îmbrace, dar nu era dornică să-i plătească și cheltuielile. Ea intenționa să găsească pe cineva care să-i plătească el cheltuielile ei. Așa că, acea relație s-a stins destul de rapid. Nici in alte două săptămâni, l-a dat pe individ afară din casă, iar eu nu a trebuit să spun nimic pentru a ajunge la acel rezultat.

—Au existat resentimente din partea lui? întrebă Leah.

—Cred că au existat unele resentimente, spuse Daniel cu reticență. Cam timp de un an după aceea am primit apeluri telefonice din partea lui ocazional, mai ales dacă individul băuse ceva înainte de a telefona. Obișnuia să țipe și să înjure. Până la urmă, mama a schimbat numărul de telefon și apelurile au încetat.

—Cred că vreau numele lui complet, observă Leah și își porni iPad-ul.

—Cred că se numea Iuri Grigoriev, răspunse el gânditor. Da, așa se numea... Rus, desigur... Pentru o vreme ne-am temut că era implicat cu mafia rusă... știți voi, cu toate filmele și știrile din presă, gesticulă el și un zâmbet trist îi apăru pe buze.

Atât Leah cât și Mark îi întoarseră zâmbetul. Uneori, imaginația putea să le joace feste destul de urâte oamenilor. Și cu toate acestea, tot trebuiau să-l verifice pe acel Iuri, iar Leah își făcu o notă în iPad-ul ei.

—A renunțat să mai găsească pe careva? interveni Mark.

—Nu, nu a renunțat, dar nu a găsit pe cineva potrivit până acum vreun an... Poate puțin mai mult... Sau cel puțin asta crezuse ea la acea vreme. Cu o singură excepție, acesta îndeplinea toate cerințele ei aproape la perfecție, explică Daniel și își frecă mâinile, ceea ce era un semn de anxietate, după cum știa Leah.

—Care era acea excepție? îl întrebă Mark din nou.

—Avea o slujbă bună și mai și moștenise o grămadă de bani. Se îmbrăca cu foarte mult gust. Și, cu toate acestea, era scârțar. Când s-au mutat împreună, mama se așteptase ca el să plătească pentru tot și să o răsfețe, dar acel lucru nu s-a întâmplat. Trebuia să se lupte cu el pentru fiecare cent pe care reușea să-l obțină de la el. Și totuși, ea tot spera că se va însura cu ea, iar atunci ar fi avut acces la banii lui...

Daniel se ridică în picioare și se duse la răcitor unde își mai turnă un pahar cu apă. Îl bău acolo, chiar lângă răcitor, iar după ce a terminat, a strivit paharul de plastic în pumn și l-a aruncat în coșul de lângă răcitor.

Păru să ezite câteva momente și își netezi părul încet, ca pentru a câștiga ceva timp.

Leah simți că nu se simțea prea în largul său cu partea care urma și de aceea se decise să îi lase timpul necesar să își caute cuvintele cele mai potrivite. Nu vedea ce ar fi câștigat dacă l-ar fi grăbit să vorbească.

Bărbatul fusese destul de deschis cu ei, iar, dealtfel, ea îl citea ca pe o carte deschisă. Era un om direct, care spunea ceea ce gândea, chiar dacă din când în când simțea unele remușcări când trebuia să aducă la lumină unele lucruri neplăcute despre mama sa.

Daniel se întoarse la masă cu pași greoi și se așeză. Mersul acela agil pe care-l avusese la începutul întâlnirii, dispăruse de mult.

Își frecă din nou mâinile, iar apoi se uită direct în ochii locotenentei și spuse:

—Vreau să înțelegeți și să nu o judecați pe mama mea prea aspru... Credeți-mă, nu o merită. Dacă circumstanțele ar fi fost diferite..., ridică el din umeri neajutorat.

Reflectă cu ochii fixați pe peretele din spatele lui Leah, iar apoi continuă:

—Vreau să aveți un tablou clar asupra lucrurilor, locotenente. Vedeți, tatăl meu a cucerit-o pe mama cu o curte amețitoare în vara când aceasta a terminat liceul, gesticulă el.

După aceea, își trecu degetele prin păr și respiră adânc. Leah simți că nu îi prea convenea să dezvăluie anumite secrete de familie.

După câteva clipe de gândire, Daniel își continuă relatarea:

—Înainte de acel moment, bunicii mei îi restricționaseră mamei mele ieșirile în mod sever și nu avusese niciodată voie să aibă vreun prieten...

Mark asculta cu gura ușor întredischisă relatarea lui Daniel, iar buzele lui Leah zvâcniră ușor.

—Mama nu avea nici cea mai mică noțiune despre lumea din jur, continuă Danie, deschizându-și brațele. Era ca un fruct proaspăt copt, gata să fie cules... Iar tatăl meu a fost cel ce l-a cules..., observă el și se strâmbă cu supărare.

Bărbatul își scutură capul cu amărăciune. Se vedea că nu era prea mulțumit cu ce avea de spus.

—S-au căsătorit în mai puțin de o lună, în ciuda opoziției bunicilor mei. Mama mea a avut o fire extrem de pasională și dramatică, iar aceasta s-a manifestat evident și în legătură cu marea ei iubire. Nimeni nu a putut să-i schimbe hotărârea, își scutură el capul.

Daniel își umezi buzele cu limba, privind spre peretele din spatele lui Leah pentru a-și aduna gândurile.

—Bunicii mei au trebuit să cedeze și să accepte ca ea să se mărite pentru că se temeau să nu-și facă ea singură vreun rău. Oricum, deja trecuse de vârsta majoratului, așa că tot nu puteau face prea multe... Părinții mei au trăit împreună cam cinci ani, până în momentul în care ea a aflat că tata o înșelase cu absolut toate femeile din cercul lor de prieteni. Se culcase cu cele mai bune prietene ale ei, ba chiar și cu vreo două verișoare... Iar el începuse să calce strâmb imediat după ce se căsătoriseră...

Bărbatul oftă adânc, înainte să continue.

—Vă puteți imagina că mama a fost... devastată... Faptul că o înșela era destul de rău, vedeți voi, spuse el, gesticulând exagerat cu mâinile, ceea ce era un semn evident de agitație. Mai rău a fost felul cum a aflat despre aceasta... Aveau o petrecere... Mama muncise din greu în bucătărie și cu decorările... Vrusese ca tata să fie mândru de ea... Una dintre femeile venite la petrecere s-a îmbătat, dar rău de tot... Își pierduse efectiv uzul rațiunii... Prea multă vodka, presupun...

Daniel se opri, păru să se gândească câteva secunde, iar apoi continuă.

—Era furioasă pe tata. Acesta tocmai o înlocuise cu o nouă cucerire, iar ea a dezvăluit totul în fața tuturor și și-a îndreptat degetul spre toate femeile prezente la petrecere care avuseseră o relație amoroasă cu tatăl meu... Mama a fost efectiv lividă. A fost și jenată și rănită și umilită. I-a cerut tatei să plece chiar în seara aceea... De fapt, i-a cerut asta după ce a avut loc un spectacol imens, cu o mulțime de vase sparte, urlete, jigniri, oameni dați cu capul de pereți și mult tras de păr... Fusese o petrecere destul de mare și erau mulți oameni implicați... Femei ce trecuseră prin patul tatălui meu... Bărbați care tocmai ce au aflat că fuseseră înșelați... Cred că aveau cam treizeci de musafiri. Oricum, până la urmă, vecinii au chemat poliția să facă ordine și să-i liniștească... Toți prietenii au abandonat-o după aceea... Deși nu știu dacă îi putea numi pe oamenii aceia prieteni... În fine, el a obținut toți prietenii în urma divorțului, iar ea a avut parte de propria ei răzbunare. A pretins să i se dea absolut tot ce aveau în proprietate comună și a și reușit să pună mâna pe tot. Nu a lăsat nici măcar o lingură în urma ei.

—Asta ți-a povestit mama ta? îl întrebă Mark curios.

Știa el că părinții divorțați nu spuneau niciodată tot adevărul.

—Nu, își scutură Daniel capul. Am auzit eu câteva lucruri la vremea aceea. Mi s-au înregistrat în minte, chiar dacă pe atunci nu le înțelegeam. Am întrebat-o mai târziu pe bunica și ea mi-a povestit totul. Povestea ei a fost și mai urâtă decât ceea ce v-am povestit eu, dar bănuiesc că e de înțeles de ce...

Leah dădu din cap ușor, în timp ce Mark aprobă cuvintele lui Daniel cu entuziasm.

—Bineînțeles, mai târziu l-am confruntat pe tatăl meu în timpul unei vacanțe pe care am petrecut-o acasă în Rusia, iar el mi-a mărturisit tot... La vremea aceea era mai în vârstă și mai matur, deși încă mai considera că era normal să-și înșele și noua nevastă.

Daniel își scutură capul din nou de parcă tot nu îi venea a crede că tatăl său nu se maturizase deloc în ultimii ani.

—Oricum, ceea ce vreau să spun este că mama a muncit din greu să mă crească... A fost o mamă bună... Chiar foarte bună... M-a înțeles, m-a învățat să am grijă de mine însumi, mi-a sprijinit ambiția... În fapt, am ajuns unde am ajuns din cauză că m-a tot împuns să fac ceva cu viața mea... Dar a fost și singură. Timp de douăzeci de ani... Nu e chiar așa ușor pentru o femeie tânără... Acum voia și ea companie, pe cineva căruia să-i pese de ea...

—Iar bărbatul de care vorbeai, nu i-a oferit acest lucru mamei tale? îl întrebă Leah.

—Din ceea ce am auzit – pentru că mama mea i-a spus multe lucruri lui Biskane, vedeți voi, el îi oferea un fel de companie și era un iubit destul de bun, spuse Daniel și se înroși.

Leah își imagină că nu era ușor pentru un bărbat să vorbească de mama sa în acel context specific.

—Și cu toate acestea, lui nu-i păsa decât de el însuși și de banii lui. Dacă ea l-ar fi făcut să meargă la cumpărături cu ea, s-ar fi găsit în situația să plătească pentru tot la casă. El spunea ceva de genul că nu avea nevoie de mai mult de o roșie în seara aceea, de exemplu. O dată a scos-o la restaurant... Îmi amintesc că m-a sunat foarte entuziasmată. Se gândea că se schimbase, spuse el, iar un zâmbet plin de durere îi înflori pe buze. La sfârșitul cinei, individul i-a cerut chelnerului să aducă două note separate la masă și apoi i-a cerut mamei să-și plătească nota... De atunci, a evitat să mai iasă cu el la restaurant... Și vorba ceea, locuia în casa ei, pentru care ea plătea chiria și restul cheltuielilor..., le explică el cu amărăciune.

Da, se gândi Leah, tipul acela suna ca un adevărat înger. Exact genul de bărbat pe care să-l duci acasă la părinți și să-l prezinți mamei, iar apoi să planifici o nuntă mare cu el.

—Oricum, ea era singură, iar el îi oferea ceva companie, concluzionă el. Lui nu-i păsa că ea urla la el și îi făcea tot felul de reproșuri... Chiar a prezentat-o și familiei sale, iar mama și tatăl lui, precum și cele trei surori, toți păreau să o adore... uneori ea se gândea că ei tot insistau pentru ca relația dintre ei să continue pentru că George, așa se numește el, George Alder, nu avea un record nemaipomenit în ceea ce privea relațiile lui romantice. Fusese o dată căsătorit pentru jumătate de an când fusese tânăr, iar toate celelalte relații ale sale duraseră mai puțin de o lună...

Daniel se opri și privi în jos, analizându-și mâinile cu mare atenție. Tăcerea se întindea, iar tensiunea din încăpere îi producea mâncărimi pe piele lui Leah.

Tensiunea îi afecta pe toți, dar Mark fu primul care întrerupse tăcerea:

—Și ce s-a întâmplat mai apoi?

Daniel îl privi, ridică din umeri, dar numai după aceea răspunse:

—Au fost împreună numai câteva luni. Mama a fost implicată în toate întrunirile familiei Alder... De fapt așa a și început totul, adăugă el gânditor.

—Ce a început? întrebă Mark din nou nedumerit.

—Păi luase parte la câteva picnicuri, petreceri, Crăciun... știți voi... Iar ea a început să aibă sentimente pentru partenerul surorii celei mai mari a lui George... El a curtat-o discret... S-au întâlnit să vorbească un pic la o cafenea sau pentru o plimbare în parc... Desigur, el evita cu măiestrie toate locurile unde s-ar fi putut întâlni cu cunoștințe... El îi povestea cât de nefericit era el și cât de dominatoare era Lydia. Femeia controla banii – ei bine, banii îi aparțineau ei, așa că..., gesticulă Daniel pentru a se face cât mai bine înțeles.

Mark dădu din cap că a priceput, iar Leah surâse.

Daniel își continuă relatarea:

—Oricum, după o vreme, el a venit la mama și i-a spus că a decis să o părăsească pe Lydia, sora lui George, pentru că, de fapt, el o iubea pe mama, și nu mai putea trăi fără ea... Până atunci, mama se îndrăgostise de-a binelea. El nu avea niciun ban, iar ei nici măcar nu îi păsa. Chiar credea că salariile lor îi va ajuta pe amândoi să trăiască destul de confortabil...

Chipul lui arăta clar că lui nici acum nu îi venea să creadă acea schimbare radicală de opinie a mamei sale.

— A fost... chiar uluitor ca să spun așa. Nu aș fi crezut niciodată că o voi auzi pe mama spunând așa ceva, locotenente, își scutură el capul. Oricum, ea l-a crezut când i-a spus că dorea să fie cu ea, așa că s-a dus direct acasă și i-a cerut lui George să plece. I-a spus că relația lor s-a terminat.

—Și cum a reacționat George când a auzit că vrea ca ei să se despartă? îl întrebă Leah, înainte ca Mark să poată spune ceva, iar locotenenta și avu satisfacția să-i vadă gura devenind o linie subțire.

—Nu prea bine, la început, a recunoscut Daniel. Nu a crezut-o și a refuzat să se miște. Înțeleg că nu a făcut altceva decât să se tolănească pe canapea și să înceapă să se uite la ceva la televizor.

Bărbatul nu știa ce vor gândi cei doi detectivi de ceea ce urma să le spună și ezită. Se gândi cîteva clipe, dar mai apoi ridică din umeri și se gândi să le spună ce s-a întâmplat.

—Mama pur și simplu a explodat... Avea un temperament vulcanic când cineva o călca pe nervi... S-a dus furioasă în dormitor și în jumătate de oră i-a strâns toate lucrurile în genți. Le-a târât afară din apartament și i le-a lăsat în holul clădirii. În tot acel timp, George a privit-o cu ochii mari, fără să-i vină să creadă. Mai apoi a început să țipe, mai apoi să implore, dar ea nu a dat înapoi defel... Mama i-a spus lui Biskane că în sfârșit se îndrăgostise cu adevărat din nou. Îi trebuiseră douăzeci de ani, dar până la urmă tot o făcuse... Era atât de îndrăgostită încât nu s-a gândit nici măcar o clipă la consecințele deciziilor ei, își scutură Daniel capul de parcă nici lui nu îi venea să creadă.

Leah putea simți că atitudinea mamei sale îl șocase și deduse că povestea nu se limita numai la atâta.

—Nu s-a oprit aici, nu-i așa? întrebă ea.

—Nu, nu s-a oprit, admise omul pe o voce obosită, iar apoi își frecă fruntea înainte de a continua. Gareth, așa se numește bărbatul, a început să o viziteze pe mama. Îi aducea flori și mici cadouri. O ducea la cumpărături...

Daniel se opri și își scutură capul din nou. Își închise ochii câteva secunde, iar apoi își fixă ochii pe Leah. Brusc, ochii lui păreau mai bătrâni și obosiți.

—Acesta i-a cumpărat tot ce își dorea ea. Dar, pentru aceasta, folosea banii Lydiei pentru că el nu avea prea mulți pe numele lui. Avea o slujbă, este adevărat, dar atât și nimic mai mult...

Obosit, Daniel își frecă obrajii cu palmele și închise ochii pentru câteva clipe.

—Tot spunea că o va părăsi pe Lydia, dar mereu intervenea câte ceva. Mama știa că Lydia era bipolară și că o lua razna dacă lucrurile nu se întâmplau după cum voia ea și, într-un fel, înțelegea reticența lui Gareth de a-i spune adevărul. În același timp, îl dorea alături de ea...

Daniel își scutură capul și se strâmbă, dându-le de înțeles celor doi detectivi că situația nu a evoluat prea bine nici după aceea.

—Biskane a încercat să discute rațional cu mama și a întrebat-o ce se va întâmpla dacă Gareth o va părăsi cu adevărat pe Lydia pentru că el nu va avea aceleași mijloace financiare, ceea ce însemna că toate cadourile și cumpărăturile și ieșirile lor se vor încheia... Mamei nu îi păsa. Bărbatul acela era ca o otravă pentru ea, iar eu nu mă puteam opri să nu mă gândesc mereu că ceea ce făcea ea nu era moral. Mama îi făcea acelei femei exact ce îi făcuseră altele ei... Iar acea femeie îi era cam ca o cumnată într-un fel. Mama trăise cu fratele ei atâta timp, trase el concluzia, iar apoi făcu o pauză.

Se holbă la peretele din fața lui și își linse buzele crăpate și uscate.

—Ai mai vrea niște apă, domnule? îl întrebă Mark politicos.

—Da, mulțumesc, îi replică Daniel și își frecă din nou fața cu palmele.

Mark se întoarse la masă cu un alt pahar umplut cu apă pe care i-l înmână lui Daniel. Abia sorbi omul din apă puțin, când telefonul lui mobil, pe care îl ținea în buzunarul pantalonilor, îi sună. Îl scoase și verifică numele de pe ecran.

—Este soția mea, le spuse el detectivilor. Pot să răspund?

—Da, desigur, îi spuse Leah, fluturându-și mâna.

—Bună, iubito, spuse Daniel, iar vocea îi sună foarte obosită în urechile lui Leah.

Polițista se întrebă oare ce gândea Biskane auzindu-i vocea.

—Cred că ne putem vedea să luăm prânzul, da, răspunse el la ceva ce-i spusese soția lui. Bine atunci, ne vedem într-o oră, încheie el conversația, iar apoi o privi pe Leah. Știu că reacția mea a fost cam nepoliticoasă față de voi când am stabilit întâlnirea cu soţia mea, dar nu cred să avem nevoie de mai mult de o oră pentru ca să terminăm această discuţie, spuse el, gesticulând, brusc nesigur de el însuşi.

—Probabil că nu, admise Leah. Deci, ce s-a întâmplat după aceea?

—Ei bine, mama a început să spună că nu putea trăi fără el, lucru pe care de altfel l-a afirmat şi acum două zile... Zile în şir treceau când nu se putea gândi la nimeni şi la nimic altceva decât Gareth...

Daniel se opri şi îşi trecu degetele pe marginea mesei, gânditor. După aceea, ridică ochii spre Leah.

—Gareth tot îi promitea că îi va spune adevărul Lydiei şi că se va muta cu mama, dar nu s-a întâmplat să o facă... Deşi, Lydia a aflat. Cum, nu ştiu, dar acum o lună a venit la clădirea în care locuia mama şi a... a făcut un spectacol interesant, ca să spunem aşa. Nimeni nu îl va uita prea curând, vă garantez eu. A fost chemată şi poliţia...

Întâlnind privirea uimită a lui Mark, Daniel îşi desfăcu braţele şi ridică din umeri a neputinţă.

—Femeia l-a atacat mai întâi pe omul de la recepţie... L-a lovit cu geanta în cap în mod repetat... Am auzit că avea atât de multe lucruri în geanta aceea că se simţea de parcă era plină cu cărămizi... Iar apoi a aşteptat-o afară pe mama... Mama nu venise încă de la muncă... Când aceasta a apărut, Lydia a urlat ca o lunatică şi a lovit-o şi pe mama. A încercat să-i scoată ochii... A numit-o în tot felul... Evident că a şi avertizat-o să stea departe de partenerul ei...

Daniel se opri din nou şi îşi scutură capul.

—Știți, este chiar ironic. Gareth deja îi spusese mamei că decisese să-și continue relația cu Lydia și că nu mai putea fi cu ea. Decisese să se întoarcă înapoi la Lydia exact în dimineața aceea... Atât Biskane cât și eu ne cam așteptasem la așa ceva... Nu era genul de bărbat care putea trăi fără banii Lydiei.... Ea îl răsfăța... Femeia i-ar fi cumpărat și luna de pe cer dacă acesta i-ar fi cerut-o.

—Acela a fost finalul acelei aventuri de dragoste? îl întrebă Leah.

—Da, a fost, din câte știu eu... Știu că mama a plâns după el zile în șir și a avut și zile când nici măcar nu se putea da jos din pat... Ne temeam pentru că dădea semne de depresie profundă... Brusc, acum două zile, i-a spus lui Biskane că se va duce la o petrecere cu un tip pe care l-a cunoscut la începutul săptămânii. Nevasta mea a implorat-o să fie precaută pentru că mama nu știa prea multe despre acel bărbat.

Mark dădu din cap, semn că era de acord cu cele spuse de soția lui Daniel. Nu era o idee prea bună să mergi undeva cu un necunoscut.

—Se văzuseră numai de două ori înainte ca acesta să o fi invitat la petrecere. Mama însă i-a înnăbușit avertismentele lui Biskane și a asigurat-o că totul va fi bine. A spus... ceva de genul că viața ei s-a întors pe drumul corect din nou...

—Ai auzit ceva vești de la ea ieri? îl întrebă Mark.

Daniel își scutură capul.

—Ne-am celebrat aniversarea de o lună de la căsătorie la acest sfârșit de săptămână. Am plecat spre Cascada Niagara vineri și ne-am întors numai azi de dimineață. Nici unul dintre noi nu a fost în legătură cu cineva înainte de dimineața aceasta... Așa am decis noi cu ceva timp în urmă... Cel puțin o dată pe lună să ne facem timp să fim doar noi doi, le explică el cu un zâmbet nostalgic pe buze, iar detectivii îi zâmbiră și ei.

Ideea de a petrece timp în izolare pentru a-și reînnoi legătura dintre ei, părea o soluție perfectă pentru Leah și aceasta începu să-și reevalueze opinia inițială despre căsătoria cuplului.

—Ei bine, spuse ea, dacă ne dai și numele lui Gareth, te putem lăsa în pace, trase ea concluzia.

Notă numele bărbatului exact lângă cel al Lydiei și își adună lucrurile. Mark se ridică și o porni spre ușă. După ce a pus mâna pe clanța ușii, se încruntă și își întoarse capul spre ei.

—Ne vei arăta drumul înapoi spre lift, domnule Alekseyev? întrebă el.

Între timp Leah pretinse că se uita după ceva prin geantă pentru că nu dorea ca Mark să îi vadă surâsul.

—Desigur, se grăbi Daniel spre ușă și o deschise pentru ei. Este oricum politica companiei, le zâmbi el, dar zâmbetul nu i se oglindi și în ochi. Nu se permit vizitatori pe niciun etaj fără să fie însoțiți de un angajat.

—Probabil pentru că s-ar pierde, mormăi Mark, iar Daniel se uită spre el.

—Cred că ai dreptate, replică el, dar nu mai continuă acea linie de discuție.

Îi conduse la lift, iar după ce a apăsat butonul pentru parter, întrebă:

—Când pot să-mi văd mama?

—Oricând vrei, îi replică Leah pe un ton blând și îi atinse brațul. Cu toate acestea, poate că este mai bine dacă suni înainte de a veni să o vezi, adăugă ea. Înțelegi că trebuie să facem o autopsie, încercă ea să-l obișnuiască cu ideea.

Daniel își mută privirea dinspre ea, dar replică pe un ton dur:

—Înțeleg, detective, iar eu sunt de acord să faceți absolut tot ce este necesar pentru a-l prinde pe cel ce a ucis-o pe mama mea.

CAPITOLUL 5 – CAFEA, PRĂJITURELE ȘI UN RAPORT DE AUTOPSIE

ÎN ACEA DIMINEAȚĂ Leah deschise ușa de la biroul ei nervoasă și, cu supărare, își aruncă pe masă geanta pe care nu o suporta deloc. Dumnezeule, chiar ura să care geanta aceea cu ea peste tot, dar, din nefericire, nu se putea descurca fără ea.

Nu putea să pună prea multe lucruri în buzunarele mici ale pantalonilor de bumbac, iar valul de canicula care cocea orașul Toronto pentru a treia zi la rând nu îi permitea să poarte nimic altceva decât o bluziță subțire și pantaloni de in. Nici nu se punea problema să poată purta o jachetă.

Se trânti pe scaunul ei și își porni computerul. Își frecă ochii pentru a disloca nisipul pe care îl simțea sub pleoape, zgâriându-i globurile oculare.

Nu avusese prea mult succes să-și îndepărteze pânzele de păianjen din ochi și din creier cu dușul ei din acea dimineață.

Știa că era țâfnoasă la ora aceea, dar nu putea să se abțină. Trecuseră trei zile de când găsiseră victima și deja lucraseră mai multe ore peste program, iar cu toate acestea, nu obținuseră niciun fel de rezultat pozitiv în ciuda eforturilor pe care le făcuseră cu toții până atunci.

Leah deschise raportul medicului legist pe ecran și începu să-l citească din nou. Avea suficient timp să îl mai revadă o dată din moment ce echipa ei nu sosise încă la secție. Detectivii nu ar fi trebuit să fie acolo înainte de ora opt și ea mai avea încă patruzeci și cinci de minute la dispoziție până atunci.

Medicul legist îi predase raportul autopsiei cu o zi înainte, iar mintea lui Leah era încă uluită de tot ce citise în el. Mai mult decât atât, era foarte dezamăgită de ea însăși și de percepțiile ei empatice.

Ar fi fost mult mai ușor dacă ar fi reușit să afle și numele criminalului atunci când atingea un cadavru, dar lucrurile nu stăteau chiar așa. Nu putea să vadă decât unele dintre cele mai persistente gânduri și sentimente ale victimei. Putea citi vibrațiile ce defineau acea persoană, dar nimic mai mult. Doar foarte rar era în stare să simtă mai mult decât atât.

Poate că dacă și-ar fi rafinat darul, ar fi fost în stare să citească mai mult, se gândi ea cu amărăciune, iar buzele i se încrețiră și o încruntare i se formă între sprâncene.

Distrată, înhăță o prăjiturică dintr-unul din coșurile pe care le umpluse din nou cu o zi înainte. O ronțăi absentă și se gândi că oricum fusese prea hotărâtă să-și lase moștenirea ereditară în urmă și, de aceea, nu gândise cu prea multă claritate la vremea aceea.

Când își dăduse seama că darul ei ar fi ajutat-o până la urmă și în profesiunea aleasă, era mult prea târziu ca să facă ceva. Nu mai avea timp să treacă prin toată instrucția și condiționarea necesare, pe care ar fi trebuit să le facă atunci când era copil și adolescentă.

Mai rău decât atât, de data aceasta, nu reușise nici măcar să perceapă lucrurile mai importante, se mustră pe sine însăși cu supărare când parcurse din nou raportul în grabă. Cum ar fi fost faptul că Klavdiya era însărcinată în trei luni atunci când fusese ucisă sau că poliția ar fi trebuit să caute cel puțin trei bărbați, deoare testele ADN dovediseră că cel puțin trei bărbați fuseseră prezenți la locul crimei, deși profilele lor nu erau complete.

Cei trei lăsaseră în urmă doar urme infime ale codului lor genetic, dar cel puțin, tot au lăsat câte ceva. Dacă i-ar fi găsit, ar fi avut suficiente dovezi criminalistice pentru a-i reține și închide.

Victima fusese violată în mod repetat, dar medicul legist nu reușise să găsească niciun fel de spermă în interiorul ei. Bărbații nu avuseseră curtoazia să-și lase materialul genetic în urmă, se strâmbă ea dezgustată. Lui Leah nu-i plăceau criminalii care planificau totul de dinainte și îi făceau ei slujba mai dificilă, iar față de cei pe care trebuia să-i prindă acum avea o animozitate puternică. Brutalitatea lor îl șocase și pe asistentul medicului legist.

Urmele pe care tehnicienii reușiseră să le analizeze veneau din pielea colectată de sub unghiile Klavdiyei și din urmele de salivă reziduală colectată dintr-una din mușcăturile de pe sânul ei drept. Făptașul avusese grijă să-și șteargă saliva după aceea, dar dinții îi intraseră destul de adânc în piele, iar o parte din urmele de salivă rămăseseră încrustate în rană.

În afară de urmele de ADN care dovedeau prezența a cel puțin trei bărbați la scena crimei, doctorul legist mai indicase că trei lame de cuțit au fost implicate în înjunghierea sistematică a victimei.

El analizase adâncimea și forma rănilor, precum și unghiurile la care acele lame penetraseră trupul femeii, iar toate analizele demonstraseră că trei cuțite diferite contribuiseră la mozaicul de tăieturi împrăștiate peste tot pe corpul Klavdiyei. Acesta chiar le furnizase și niște schițe pentru comparație în caz că ofițerii de poliție ar fi avut ocazia să confiște acele cuțite.

Adâncimea rănilor provocate de cuțit demonstrase și că acestea fuseseră cauzate de oameni cu puteri diferite, iar în unele cazuri, chiar se observase că unul dintre făptași ezitase să-și înfigă cuțitul în corpul femeii. Raportul doctorului explica și cum ajunsese el la concluzia că acel atacator era stângaci și, în mod clar, foarte reticent în a provoca durere.

Trecând prin raportul medicului legist din nou, Leah aprecie faptul că acesta era succinct și la obiect.

De fapt, Leah se așteptase la cel puțin atâta din partea Dr. Connelly. El niciodată nu divaga de la fapte și rareori oferea detectivilor orice fel de sugestii. Medicul legist prefera narativul rece și precis al științei și nu considera că era cazul să le spună el ofițerilor de poliție ce ar fi trebuit să facă. Aceea era o schimbare binevenită față de comportamentul altor medici legiști.

Satisfăcută că nu uitase niciun detaliu, Leah închise fișierul și deschise lista pe care avea notate numele oaspeților domnului Papadopoulos.

Cu toate acestea, imediat după aceea își aruncă ochii la ceas și observă că era deja 7:30. Știa că acum putea găsi niște cafea în bucătărioara diviziei detectivilor.

Brusc, plină de viață, se ridică de pe scaun și își înhăță ceașca de pe birou. Ieși în fugă pe ușă și se grăbi spre bucătărie.

Într-adevăr, Nadine, femeia care se ocupa de curățenie, deja pregătise filtrul de cafea. Femeia nu se zărea pe nicăieri, dar mirosul cafelei tari columbiene îi umplu nările lui Leah, iar pasul ei deveni și mai vioi decât înainte.

Își făcu tabără lângă filtrul de cafea și așteptă ca ultimele picături să curgă în carafă. În același timp, piciorul ei lovea în podea nerăbdător, iar degetele îi băteau darabana pe marginea ceștii.

În mod obișnuit, diminețile îi erau alimentate cu cafea, iar căile sale neuronale aveau nevoie de o încărcătură periodică de cafeină dacă dorea să aibă rezultate.

Lichidul maroniu păru să ia enorm de mult timp ca să picure. Leah mai dădu din picior puțin, apoi începu să fluiere o melodie veselă, ba chiar numără și batoanele de ciocolată aliniate pe masa unuia dintre ofițeri, pe care o putea zări prin panoul de sticlă al bucătăriei.

Pentru o microsecundă, se gândi să se ducă și să înșface un baton de ciocolată, dar bunul ei simț prevală.

Șuieratul ce anunța încheierea ciclului de fierbere a cafelei îi străpunse gândurile obsesive legate de ciocolată. Acel sunet mult iubit mai că îi aduse lacrimi în ochi.

Cu toate acestea, Leah era o fată mare și avea un oarecare control asupra reacțiilor sale. Se mulțumi să își umple ceașca cu cafea până la buză, iar apoi se întoarse în biroul ei. Acum pasul îi era mai potolit pentru că tot sorbea din lichidul fierbinte din când în când.

Lista cu musafirii domnului Papadopoulos se găsea tot pe ecran, iar când o văzu, Leah pur și simplu căzu pe scaun cu un geamăt.

Deja interievaseră marea parte a oamenilor de pe nenorocita aceea de listă ore în șir și tot mai aveau câțiva pe care trebuiau să-i investigheze.

Până în acel moment nu descoperiseră nimic util, iar investigația lor avansa cu pași de melc. Întâlniseră multe chipuri și priviri aruncate cu superioritate asupra lor, dar nu descoperiseră nimic care să îi îndrepte în direcția corectă.

Singurul lucru care aducea ceva lumină asupra cazului lor era o descriere vagă a bărbatului care o condusese pe Klavdiya în grădină. Două matroane îi văzuse ieșind în grădină împreună, dar nu îl recunoscuseră pe bărbat. Au spus că în mod cert bărbatul nu făcea parte din cercul lor.

Acestea îl descriseseră, dar descrierea lor era vagă, în cel mai bun caz. Ar fi putut fi orice bărbat înalt și bine îmbrăcat cu un trup bine clădit.

Ofițerii îi întrebaseră pe ceilalți de pe listă dacă cunoșteau un bărbat care corespundea acelei descrieri, dar nici unul nu părea să fie sigur.

Leah se mai servi cu o altă prăjiturică și sorbi gânditoare din cafeaua ei. Era foarte sigură că nu întâlniseră pe nici unul dintre suspecți.

Poate că nu era ea expertă în citirea oamenilor așa cum era mama ei, de exemplu, dar tot ar fi simțit vreo vibrație care ar fi pus-o pe drumul cel bun. Nu percepuse însă nimic de acest gen.

Își ronțăi prăjiturica și începu să pregătească o nouă listă. Mai erau doar zece oameni rămași pe lista originală, așa că puse cinci pe lista pentru Anna și Josh, iar ceilalți pe lista pentru Mark și ea însăși. Îi păstră pe lista sa și pe cei doi care nu se duseseră la petrecere și nici nu se obosiseră să își prezinte scuzele de rigoare față de gazda lor.

CAPITOLUL 6 – AXEL ESTE PRINS ÎN BĂTAIA FOCULUI

LEAH ÎŞI BALANSĂ GEANTA pe umăr şi mormăi pe sub barbă. Îşi şterse sudoarea de pe frunte, iar apoi îşi aruncă ochii spre cer.

Tot nu se vede niciun nor la orizont, la naiba.

De ceva vreme deja, toată lumea se ruga să vină ploaia, dar vremea nu avea vreun gând să coopereze cu rugăciunile lor. Era suficient să păşească afară din maşină că pielea îi şi devenea lipicioasă imediat. Bluza _ se lipise de spate, iar ea făcu efortul să o ignore.

Cu prudenţă, traversă strada spre cafeneaua unde îl trimisese pe Mark mai devreme ca să comande cafea şi un prânz uşor pentru ei doi.

Între timp, ea se dusese vizavi ca să lase un cadou mic pentru mama sa. Era ziua ei de naştere, iar Leah nu ştia dacă ar fi avut timp pentru a-i face o vizită scurtă mai târziu.

Leah încercă din nou să împingă la o parte gândul că, de fapt, nu avea niciun chef să îşi vadă mama chiar atunci, dar acesta revenea în mintea ei cu încăpăţânare şi o necăjea.

Sătulă de cicălirea constantă a părinților ei privind vârsta pe care o avea și faptul că lăsa oportunitățile oferite de viață să treacă pe lângă ea, Leah găsea tot felul de pretexte pentru ca să nu îi viziteze. Orice fel de motiv era binevenit.

Oricum, extenuarea pe care o resimțea, precum și proasta ei dispoziție, nu prea se potrivea cu o seară în compania părinților ei. Ar fi fost o vizită cu scântei, iar ea avea deja destulă tensiune în viața ei în acel moment.

Norocul fusese de partea locotenentei pentru că recepționista îi spusese că mama ei mai avea douăzeci de minute rămase din sesiunea de tratament cu un pacient, și o invitase să aștepte.

Leah înșfăcă oportunitatea imediat și îi refuză sugestia de a aștepta. În grabă, lăsă cadoul pe care îl adusese pe biroul de la recepție și o rugă pe femeie să-i prezinte mamei sale scuzele ei.

Când observase expresia uluită a recepționistei, îi explicase că nu putea să rămână pentru că era în timpul programului. Nu îi mai dăduse ocazia să-i răspundă și părăsise biroul pe cât de repede putuse.

Deschise ușa de la cafenea și aerul răcoros din interior îi mângâie pielea încinsă. Leah respiră adânc. Acum, aceasta era o schimbare plăcută după aerul sufocant din stradă, care se agăța de oameni, iar plămânii ei dansară de bucurie.

Leah privi în jur și observă că Mark reușise să pună mâna pe o masă într-un colț unde nimeni nu i-ar fi deranjat. Îl felicită în gând și merse să i se alăture.

Mark visa cu ochii deschiși când ea ajunse lângă el și nu o văzu. În glumă, ea își flutură mâna prin fața ochilor lui și acesta tresări. O roșeață ușoară îi coloră obrajii și gâtul bărbatului, iar el sări în picioare. Leah îi surâse și îi făcu semn să se așeze înapoi pe scaun.

—Deci, care este meniul pentru prânzul meu? îl întrebă ea veselă, iar el o privi circumspect.

O Leah veselă reprezenta o contradicție în termeni, în special când era obsedată de un caz și nu avea nicio direcție precisă de anchetă. În acel moment, aceea era situația și, din nefericire, realitatea lui.

El îi înmână sendvișul pe care îl cumpărase pentru ea și spuse:

—Este somon. De obicei, asta comanzi...

—Excelent, Mark, îi întrerupse ea explicația cu exuberanță. Este aceasta cafeaua mea? se interesă ea, arătând spre una dintre ceștile de pe masă.

—Da, răpunse el cu ezitare, așteptând să vadă ce mai urma. Nu avea încredere în ea când se comporta atât de necaracteristic. Leah era de obicei foarte zgârcită cu laudele.

—Neagră, fără zahăr, se gândi el să adauge.

Leah îi mulțumi și sorbi din ceașca ei, ochii închizându-i-se de plăcere. Apoi despacheta sendvișul și îl întrebă:

—Tu ai mâncat deja?

Mark dădu din cap că da. Fusese mort de foame când ajunsese la cafenea așa că înfulecase un sendviș întreg în mai puțin de două minute. Trebuia să recunoască că acela fusese un record chiar și pentru el.

Îi fusese atât de foame încât nici măcar nu îi trecuse prin minte să o aștepte pe Leah. Cu toate acestea, își scuză atitudinea. În fond, ea era cea care împinsese pauza lor de prânz atât de târziu.

Leah ridică din umeri și mușcă delicat din sendvișul ei. Mestecând liniștită, privi în jur. Mulțimea de la ora prânzului deja dispăruse, iar zgomotul din cafenea coborâse cu câțiva decibeli, iar ei îi convenea acel lucru. Mai aveau încă destul de muncă și puteau începe să discute următorul pas chiar acolo în cafenea.

—Deci, spuse ea printre înghițituri, mai avem un singur nume rămas pe lista noastră, iar apoi va trebui să aruncăm o privire mai atentă acelor Alder și acelui Grigoriev.

Mark începuse să dea din cap ca să-și exprime acordul, dar apoi se opri.

—Grigoriev a decedat, se gândi el să o informeze.

Leah se îndreptă în scaun, își șterse gura cu un șervețel, iar apoi îl întrebă:

—De unde știi asta?

Mark se agită pe scaun sub privirea ei inchizitorială, dar mormăi:

—L-am verificat eu.

—Asta este bine... Ce te-a făcut să îl verifici? De obicei, trebuie să te împing de la spate ca să faci ceva. Nu îți stă în fire să iei inițiativa, observă ea.

Mai apoi se gândi că probabil din cauza aceea ea fusese promovată înaintea lui. Bărbatul avea o vechime mai mare cu vreo doi ani decât ea în cadrul poliției și, logic, el ar fi trebuit să fie cel avansat în gradul de locotenent.

—Chestia aceea cu mafia, replică el, ținându-și ochii ațintiți pe masă, pentru că nu se simțea dornic să vadă sarcasmul de pe chipul lui Leah.

Un zâmbet îi lumină fața lui Leah. Acel lucru avea sens, cel puțin. Probabil că referința la mafie îi zgândărise lui Mark curiozitatea, iar acesta nu putea rezista la așa ceva.

—În regulă, Mark, foarte bine ai făcut, îl șocă ea cu cuvintele ei, pentru că laudele ei erau extrem de rare. Cum a murit? întrebă ea.

Mark nu reacționa la întrebarea ei imediat. Aprobarea ei îl prinsese nepregătit și încă se mai gândea la cuvintele ei.

Ea își ridică sprânceana dreaptă, iar acel gest îl făcu să răspundă la repezeală.

—A fost ucis acum șase luni.

Leah aștepta să i se dea mai multe informații, iar apoi oftă. Se vedea că trebuia să scoată informația de la el puțin câte puțin.

—Cum a fost ucis, Mark? îl întrebă ea cu răbdare.

Tonul ei avu efectul unui duș rece asupra lui Mark și el înțelese, în sfârșit, că se presupunea să-i dea mai multe detalii.

—A fost înjunghiat într-o noapte pe Harbour Front. Nu au fost martori și niciun fel de dovezi... Cazul este tot nerezolvat.

—Unde exact pe Harbour Front? îl întrebă Leah pe un ton tensionat.

Era aproape gata să-l plesnească de-a binelea. Răbdarea nu era una dintre calitățile ei cele mai puternice.

—În spatele clădirii cu expoziția pentru câini... Nu-mi aduc aminte numele, își scutură el capul.

—Deci a fost înjunghiat la mai puțin de patruzeci de metri de apartamentul Klavdiyei și tu nici măcar nu te-ai obosit să îmi menționezi acest lucru, observă Leah pe o voce care îl îngheță pe Mark până la oase.

—Nu... nu am făcut conexiunea, mărturisi el. Dar nu se putea ca ea să-l omoare, nu-i așa? întrebă el, iar ochii îi ieșiră din orbite, mai să-i sară de-a binelea din cap.

Mark era destul de isteț să înțeleagă cum se petreceau anumite lucruri și de ce.

Leah îl străpunse cu ochii. Nu, nu credea că victima lor s-ar fi obosit să-l ucidă pe bărbat. Detectiva își imagină că femeia a uitat de Iuri imediat după ce i-a dat papucii acestuia pentru că omul nu mai prezenta niciun interes pentru ea. Cu toate acestea, locația crimei reprezenta o coincidență prea flagrantă, iar ea se simțea obligată să cerceteze și cazul acela.

—Bine, Mark, ascultă aici. Până ce îmi termin eu prânzul și îmi beau cafeaua, tu suni la secție și ceri ca dosarul legat de uciderea lui Iuri să-mi fie trimis la biroul meu. Îl vreau pe masa mea în după-masa aceasta. De asemenea, fie o suni pe Anna, fie îl suni pe Josh, și le ceri să adune toate informațiile posibile despre Lydia Alder și acel partener al ei, Gareth, dar și despre George Alder și tatăl său. Ai înțeles ce vreau? îl întrebă ea pe un ton de gheață.

Mark dădu din cap și începu să dea telefoane sub ochii ei duri. Detectivul încercă să-și mențină sângele rece, dar ușorul tremurat al degetelor îi trăda emoția.

Lui Leah i se strânse inima când îi observă starea de spirit, dar din păcate, din când în când, era necesar ca Mark să fie împins de la spate pentru a face lucrurile așa cum trebuia.

Locotenenta continuă să-și ronțăie sendvișul urmărindu-l pe detectivul care îi îndeplinea ordinele. Când termină și ultima îmbucătură, își șterse gura cu șervețelul pe care Mark îl lăsase pe partea ei de masă, iar apoi sorbi din cafea în timp ce își verifică notițele pe care și le făcuse pe iPad.

Ultimul nume de pe lista lor era Axel Arnett, unul dintre cei doi care nu se obosise să onoreze petrecerea domnului Dimitri Papadopoulos cu prezența lor. El nici măcar nu se scuzase.

Primul, un domn Tremblay, fusese chemat înapoi la Montreal unde își desfășura afacerile, iar el fusese în așa mare grabă să ajungă acolo încât nu avusese timpul necesar să-l anunțe pe domnul Papadopoulos de plecarea sa.

Verificaseră și, într-adevăr, omul plecase cu două zile înainte de crimă și nu se mai întorsese după aceea.

Arnett locuia într-unul din condourile exclusive de pe malul lacului. Fie era pur și simplu ironic, fie coincidență, fie soartă, dar clădirea sa nu se găsea prea departe de blocul une locuise Klavdiya sau de locul unde pieptul lui Iuri Grigoriev făcuse cunoștință cu capătul ascuțit al lamei unui cuțit.

Locotenenta simțea o furnicătură în degete din cauza nerăbdării când îi citi numele lui Arnett. Simțea că trebuia să se întâlnească cu el neapărat și cât mai curând posibil.

Anxietatea îi crescu, la fel ca și dorința ei de a pleca imediat. Așteptă ca Mark să-și încheie conversația telefonică, iar apoi îi făcu semn că era timpul să părăsească cafeneaua.

Când ieșiră din cafenea, avură senzația că au pășit în gura unui cuptor. Distanța până la mașina lui Leah era scurtă, dar căldura aproape că le-a lichefiat celulele din corp. Leah se aștepta să se topească în orice clipă și să se prelingă pe caldarâm.

Mai rău, neliniștea i se amplificase și îi gonea prin vene. Simțea un impuls puernic de a face cunoștință cu domnul Arnett cât mai curând posibil, iar ei îi displăcea acea senzație intensă.

Drumul cu mașina spre malul lacului a fost lipsită de evenimente, dar obositoare, iar răbdarea locotenentei se aproapia de sfârșit.

Mark îi tot arunca priviri furișe pentru a îi evalua dispoziția, iar atitudinea lui o călca pe nervi. Cu toate acestea, nu putea pur și simplu să-i ceară să nu se mai uite la ea or să înceteze să se agite ca un pui speriat.

Leah găsi un loc să își parcheze mașina la o distanță scurtă de clădire și înfruntă canicula și umiditatea ridicată cu un pas hotărât.

Nu se uită defel la Mark pentru că era încă supărată pe el. Se întâmpla rar ca indolența lui să pună în pericol rezolvarea unui caz, dar atitudinea lui tot o irita.

Mark o urmă în tăcere, cu ochii fixați pe pânza unei ambarcațiuni ce flirta cu orizontul. Faptul că știa că a făcut o greșeală serioasă îl apăsa și îl făcea să nu se simtă în largul lui în compania locotenentei.

SOMNUL PENTRU AXEL era cam ca o afacere de dragoste. Erau zile în care nu se mai sătura de dormit, iar altele în care nu știa cum să părăsească patul mai repede.

În ziua aceea, reușise să adoarmă numai la orele mici ale dimineții și încă mai dormea când omul de la recepție îl sună ca să-i spună că veniseră niște ofițeri de poliție care îl căutau pe el.

Axel se încruntă și se frecă la ochi, iar apoi își trecu limba peste dinți și se strâmbă.

După aceea, chipul rotund al femeii cu ochi de pisică îi apăru în gând. Se simțise amenințat de ea și știa că avea și motive să se simtă astfel.

Percepuse ceva dinspre ea în dimineața aceea când poliția venise la locul crimei. Abilitățile ei nu-i fuseseră foarte clare în acel moment, dar știuse că trebuia să plece din apropierea ei imediat.

Se părea, însă, că nu se îndepărtase destul de repede, pentru că ea se găsea acum acolo, în bârlogul lui, se gândi el și se încruntă din nou. Puțini oameni îi pătrundeau în spațiul lui personal. Cu un oftat, îi ceru omului de la recepție să îi lase pe polițiști să urce la apartamentul lui.

Nu putea să refuze să-i vadă. Suspiciunile lor ar fi crescut înzecit și el ar fi fost oricum chemat la secția de poliție pentru a fi interogat. Nu-i stătea în fire să tragă de timp când ceva era inevitabil.

Axel știa că aveau nevoie de câteva minute pentru a ajunge la condoul lui așa că se folosi de acel timp pentru a-și peria dinții și a trage o pereche de pantaloni pe el.

Abia însfăcase o cămașă când auzi ciocănitul în ușă și se încruntă. I-ar fi plăcut să fi fost îmbrăcat mai adecvat când polițiștii ar fi sosit. Uneori, hainele reprezentau o armură bună. Cu cămașa în mână, se îndreptă spre ușă și o deschise.

Ochii lui Leah căzură pe pieptul expus în fața ei și, timp de câteva secunde, nu făcu decât să se holbeze la el. Detectiva nu era fascinată de bărbații care își clădeau corpul cu religiozitate în sala de gimnastică, dar acest specimen era ceva deosebit, așa că nu îi fu ușor femeii să-și ia ochii de la el. Cu efort, se adună și își ridică privirea spre ochii de cărbune care ardeau pe chipul colțuros încadrat de părul des de culoarea corbului.

Evident că observă imediat surâsul ironic ce se formase în colțul gurii bărbatului. Zâmbetul lui era ușor strâmb și îi dădea senzația că râdea de ea. Femeia își îngustă ochii, iar buzele i se strânseră.

Bărbatul nu spuse nimic și își feri ochii de ai ei cu grijă. Își aplecă capul într-un salut mut, iar apoi se dădu la o parte și cu un gest îi invită în apartamentul lui.

Închise ușa în spatele lor, iar apoi, ca și cum abia atunci se gândise la așa ceva, își trase cămașa pe el, dar nu se mai obosi să o și încheie. Nu era ca și cum nu le oferise deja un spectacol pe degeaba, iar el nu era un om de o modestie excesivă.

Axel îi conduse în camera lui de zi care avea un aspect aproape spartan. În afara unei canapele de piele, un fotoliu și o măsuță de cafea lipsită de orice zorzoane, nimic altceva nu se găsea la vedere. Până și televizorul era montat pe peretele din partea opusa a canapelei, dar dacă nu te-ai fi uitat după el în mod deosebit, nu l-ai fi remarcat.

Se părea că omul nu avea niciun interes să-și etaleze mijloacele financiare. Leah știa că acesta avea un cont serios în bancă și, pe lângă acei bani, mai avea încă câteva proprietăți.

Detectivii se așezară pe sofaua neagră de piele, deși Leah nu prea se simțea în largul ei cu ideea de a se așeza acolo.

Întreaga scenă părea cumva ireală. Nici unul dintre ei nu spusese un cuvânt din momentul în care Axel deschisese ușa. Totul se desfășurase în tăcere absolută.

Mark avea impresia că făcea parte din distribuția de actori a unui film mut alb-negru, iar acel sentiment era cel puțin neliniștitor.

După ce ofițerii se așezară, Axel o porni spre bucătărie, și abia după aceea vorbi pentru prima dată și îi întrebă:

—Ce ați vrea să beți? Presupun că nu vreți o bere sau un whiskey, din moment ce sânteți încă în timpul programului, dar poate ați vrea o băutură răcoritoare.

Sunetul vocii lui o făcu pe Leah să tresară. Ascultase apelul pe care poliția îl primise pe linia de urgențe pentru a-i anunța de uciderea Klavdiyei. De fapt, îl ascultase de mai multe ori, așa că ar fi recunoscut vocea de pe fir oricând. Nu era nicio îndoială că vocea pe care o auzise fusese vocea lui Axel.

Sări în picioare, pregătită să se ducă după el, și atunci îi văzu spatele îndepărtându-se de ea. Din acel unghi, ea recunoscu și silueta bărbatului pe care îl văzuse în grădina domnului Papadopoulos.

Acum înțelegea și de ce nu percepuse nicio vibrație din partea lui când le deschisese ușa. Nu percepuse nimic nici atunci în grădină, de altfel.

—Aș vrea să te întorci înapoi aici, spuse ea cu o voce puternică din spatele lui. Nu avem nevoie de nicio băutură. Vrem doar să discutăm cu tine, adăugă ea și se crispă când își dădu seama de tensiunea ce se putea simți în vocea ei.

—Sunt sigur că vreți, veni vocea bărbatului din bucătărie.

Apoi, polițiștii auziră zgomotele unor pahare care zdrăngăneau pe o tavă și ușa frigiderului care se deschidea.

—Cred că de aceasta și sunteți aici, replică el puțin mai tare.

Era posibil ca Mark să nu bage de seamă anumite amănunte din când în când, dar de data aceasta, intui că ceva nu era în regulă. Își părăsi și el locul și veni imediat lângă Leah, luând o poziție defensivă lângă ea, iar acea mișcare a lui o făcu pe aceasta să zâmbească. Ofițerul părea gata să o protejeze, iar inima i se înmuie față de el.

Leah își aminti că datorită unor astfel de momente îl plăcea și chiar ținea la el, într-un fel. O fi avut Mark slăbiciunile lui, dar era loial și se putea baza pe el atunci când era cu adevărat cazul.

Axel se întoarse cu o tavă mare pe care adunase pahare și băuturi răcoritoare. Se opri chiar după ce trecu de cadrul ușii, surprins să îi vadă pe amândoi pregătiți să sară pe el.

Privi de la un ofiţer la celălalt, iar buzele îi tresăriră. După câteva secunde, însă, izbucni într-un râs exploziv.

Reacția lui îi ului pe ofițeri, iar Mark își bombă pieptul și îl întrebă pe un ton beligerant:

—Ce este atât de amuzant? Că eu unul nu îmi dau seama.

Axel se opri din râs, transferă tava numai într-o mână și își șterse ochii cu cealaltă. Nu mai râsese atât de bine de ceva vreme.

Își scutură capul, iar apoi se îndreptă spre măsuța de cafea și puse tava pe ea. Se întoarse spre ei și spuse:

—Sunteți... Sunt doar surprins că nu ați scos și pistoalele să le îndreptați spre mine. Acesta era lucrul care lipsea, pocni el din degete. Chiar arăt ca lupul mare și rău? se interesă el privind spre Leah și nu fără un oarecare sarcasm.

—Hai să ne aşezăm, spuse ea pe un ton moale. Chiar avem unele întrebări pentru tine, iar tu ai de explicat câteva lucruri, domnule, adăugă ea pe un ton înghețat.

—Sunt la dispoziția ta, detective, replică el batjocoritor. Desigur, voi răspunde dacă pot, se gândi el să clarifice lucrurile, iar după ce își luă o cutie de suc de portocale de pe tavă, se tolăni în fotoliu.

Nu se obosi să se servească și cu un pahar, ci bău direct din cutie.

Detectivii se holbară la el, dar acel lucru nu îl deranjă defel. Spre mâhnirea ei, Leah nu simți niciun fel de tensiune în el, dar oricum nu putea percepe nimic. Omul era ca o pagină albă pentru ea. Nu erau niciun fel de gânduri sau sentimente în care ea ar fi putut plonja, iar acel lucru o îngrijora.

Reticenți, detectivii luară din nou loc pe canapea. Locotenenta înșfăcă o coca cola de pe tavă și îi urmă exemplul lui Axel. Și ea alese să nu folosească un pahar și bău direct din cutie. Lichidul rece îi alină gura și gâtul uscat, iar ea oftă mulțumită, închizând ochii câteva secunde. După aceea aruncă o privire rapidă spre cei doi bărbați, temându-se că aceștia au auzit-o.

Mark bea și el o coca cola și părea, de asemenea, extrem de satisfăcut. Expresia lui Axel rămăsese impenetrabilă.

—De ce ai fugit când te-am văzut la casa Papadopoulos? îl atacă ea direct.

—Nu știam că doreai să vorbești cu mine, detective, îi răspunse Axel fără să fie deranjat că era atât de directă. Și nu am fugit, se gândi el să sublinieze. Dacă îmi amintesc corect, și crede-mă, îmi amintesc foarte bine, doar am plecat și încă în pași de plimbare. Dacă ai fi dorit să îmi vorbești, puteai să o faci, observă el și sorbi din nou din cutia lui de suc, dar ochii îi rămăseseră fixați pe Leah.

În mintea lui, îl concediase deja pe Mark. Omul era probabil inteligent și poate că își cunoștea slujba, dar nu reprezenta niciun pericol pentru Axel. Mark nu avea niciun fel de puteri extrasenzoriale și nu avea nici cea mai mică idee de ce era Axel capabil.

Leah, pe de altă parte, reprezenta un pericol serios, într-adevăr. Axel ghicise că aceasta avea abilități puternice. Nu le rafinase ea încă, acel lucru era foarte probabil, dar știa să le folosească. Le simțise și în grădină când ea încercase să îi citească mintea și, de asemenea, o simțise și cu câteva minute în urmă când i-a invitat pe polițiști în casa lui.

—Aceasta sună prea convenabil, remarcă ea cu acreală.

—Ce este convenabil, detective? întrebă el cu uimire.

Dacă ea avea dificultate în a-i citi lui mintea, același lucru i se întâmpla și lui în ceea ce privea gândurile ei. El recunoscu că în fapt îi plăcea acel lucru, pentru că niciodată nu cunoscuse o femeie a cărei minți să nu o poată citi.

Devenea destul de enervant după o vreme să cunoști fiecare gând ce trecea prin mintea cuiva. Nu mai era nimic nou de descoperit și el ajunsese la concluzia că acel necunoscut avea o anumită atracție pentru el.

Axel avusese parte de destule femei în viața lui, dar în ultima vreme devenise extrem de nesatisfăcut cu viața lui romantică.

În trecut, nu putuse să determine ce îl nemulțumea, dar acum, când devenise conștient că Leah nu era o carte deschisă pentru el, își dăduse seama că râvnea la așa ceva. Simțea nevoia să aibă ce avea toată lumea cu excepția lui: posibilitatea de a descoperi strat după strat din personalitatea unei femei și de a se bucura de fiecare nouă nuanță descoperită. Acel lucru era fascinant.

—Tu ești cel care ai sunat la linia de urgență, îl aduse Leah înapoi la subiect, trezindu-l din visare. Ți-am recunoscut vocea, domnule Arnett, se gândi ea să menționeze când îi observă sprânceana dreaptă ridicându-i-se. Dacă insiști, putem cere să se facă o comparație a vocii tale cu vocea din înregistrare, adăugă ea cu nonșalanță.

Axel pur și simplu îi alungă sugestia cu o ridicare din umeri. Știa că era inutil să nege că el a fost cel care a sunat la poliție. Orice test ar fi arătat că vocea lui se potrivea sută la sută cu vocea din înregistrarea pe care o avea poliția.

Se gândise la acel lucru înainte de a telefona la poliție să le spună despre crimă, dar nu putea să o lase pe femeia aceea să zacă acolo în grădină și să nu-i anunțe moartea. Era o chestiune de conștiință.

—Deci nu negi că ai sunat, luă Leah notă de gestul lui care o enervase. În regulă, atunci. Explică, spuse ea pe un ton aspru.

—Nu pot explica, replică Axel cu o voce liniștită.

—Oh, ba da, poți, replică ea cu o expresie dură pe chip.

Axel își analiză opțiunile și își aruncă ochii spre Mark pentru o clipă. Observă că bărbatul era uimit de schimbul de replici dintre el și locotenentă. Nu înțelegea ce se întâmpla și avea sentimentul că nu surprindea un element important în discuție.

—Nu ne-am prezentat, observă Axel și nu fără o notă de sarcasm în voce.

Leah se simți oarecum vinovată. Întotdeauna avea grijă să respecte procedura corectă în timpul interviurilor, dar, cu toate acestea, de data aceasta nici măcar nu-i dăduse numele lor bărbatului.

—Eu sunt locotenent Leah MacKay, iar acesta este detectivul Mark Dion, arătă ea spre Mark.

Axel dădu din cap politicos și observă:

—Nu cred că este necesar să vă dau numele meu. Deja știți cine sunt din moment ce sunteți aici.

Nu primi nicio replică la presupunea lui. Cei doi detectivi doar îl priveau și tăcerea crescu și deveni neliniștitoare.

Axel își consideră opțiunile din nou și se aplecă în față, sprijinindu-și coatele de genunchi. Apoi spuse:

—Îți voi spune absolut totul, locotenente, dar numai ție, adăugă el și aruncă o privire apologetică către Mark. Îmi pare rău, detective, dar aceasta este o conversație pe care o voi avea numai cu locotenenta ta. Nu este pentru urechile tale.

Mark se încruntă și se uită pe furiș la Leah. Aceasta își mușcă buza de jos câteva clipe, iar apoi spuse:

—Aceasta este foarte neortodox.

Axel doar ridică din umeri, iar apoi observă:

—Probabil că o fi. Mie, unuia, nu-mi pasă. Dacă nu acceptați această condiție, nu voi spune absolut nimic. Desigur, puteți să mă acuzați de crimă, dar vă va fi foarte greu să o dovediți. Un apel telefonic poate fi explicat în nenumărate feluri, dar bănuiesc că ai vrea să auzi adevărul. Poți să știi adevărul, dar numai dacă discutăm singuri, își reiteră el poziția din nou pe o voce hotărâtă, iar Leah înțelese că nu exista altă cale să îl facă să vorbească.

Se părea că nu îl intimidau deloc, iar el oricum avea dreptul să nu spună absolut nimic dacă aceasta era alegerea lui.

Se întoarse spre Mark și îi spuse:

—Mark, de ce nu te duci să mai iei o gustare? Cred că sunt câteva cafenele și restaurante prin jur. Adu-mi mie nota de plată după aceea, mai adăugă ea cu un zâmbet. Te sun când termin aici.

—Dar, locotenente..., detectivul începu să protesteze, dar Leah îl opri cu un gest.

—Va fi în regulă, Mark. Acum, du-te, îl îndemnă ea pe detectiv să plece din apartament.

Axel îl privi plecând și surâse. Detectivul părea să fie reticent să își lase colega în urmă, iar ochii lui duri îi promiteau un ocean de durere lui Axel dacă i s-ar fi întâmplat ceva lui Leah.

CAPITOLUL 7 – O ALIANȚĂ TEMPORARĂ

ÎN MOMENTUL ÎN CARE ușa s-a închis în spatele lui Mark, Leah se întoarse spre Axel și efectiv lătră:

—Acum vorbește.

—Văd că aptitudinile tale de empat nu se extind și la atitudinea exterioară. Politețea nu pare să fie unul din punctele tale tari, remarcă el.

Leah păli din cauza mustrării mascate, dar repetă cu stocism:

—Vorbește.

Axel își trecu degetele prin părul des și, ridicându-se, se îndreptă spre fereastră. Privi spre lac fără să vadă de fapt absolut nimic și reflectă cum să înceapă discuția lor. Nu era o alegere ușoară.

Leah aproape că-și pierdu și ultima fărâmă de răbdare și se hotărâse să se repeadă la el, când el se întoarse spre ea și o privi gânditor.

—Nu cred că este cazul să ne mai ascundem pe după deget, locotenente. Eu știu ce ești tu, iar tu știi ce sunt eu, spuse el cu hotărâre, deși vocea lui era destul de liniștită.

—Da, ești un psihopat, replică ea, iar în ochii lui sclipi uluirea.

—Poftim? Ce ai spus? explodă el când în sfârșit își regăsi vocea.

Leah ridică din umeri și îi explică fără să se gândească cum suna totul și care ar fi fost consecințele cuvintelor ei.

—Toate semnele sunt aici. Îți lipsește emoția, nu ai niciun fel de empatie...

El o opri ridicându-și mâna. Își scutură capul vehement, dar ea nu era sigură dacă el încerca să îi nege supoziția sau nu putea crede că ea îl acuza atât de direct. Îl privi cu suspiciune în timp ce el își frecă fruntea și apoi își masă tâmplele.

—Deci, începu el când își regăsi cuvintele, nu m-ai putut citi, iar acest lucru te-a făcut să tragi concluzia că sunt psihopat, încercă el să clarifice ce gândea ea.

—Nu știu ce vrei să spui, i-o întoarse ea, pretinzând ignoranță, iar spatele i se încordă.

Voia să-și muște limba. Chestia aceea despre psihopatie pur și simplu îi scăpase și acum era furioasă pe ea însăși.

Mențiunea pe care el o făcuse despre faptul că ea ar fi încercat să-i citească gândurile nu-i pică nici ea prea bine. O speria ideea că el ghicise cu atâta acuratețe ceea ce se întâmplase.

—Leah, începu el, dar acum ea îl opri copiindu-i gestul de mai devreme.

—Fie locotenent, fie locotenent MacKay. Nu suntem prieteni, Arnett, iar eu nu fraternizez cu suspecții.

El dădu din cap că a înțeles și rânji sarcastic.

—Înțeleg, *Locotenente*, spuse el. Ei bine, dă-mi voie să îți liniștesc temerile atunci. Trebuie însă să-ți păstrezi mintea deschisă pentru că altfel nu vom ajunge nicăieri, o avertiză el.

—Doar dă-i drumul și vorbește, Arnett, se răsti ea la el, iar ambele lui sprâncene i se ridicară pe frunte când îi auzi tonul.

—În regulă. Deci, *Locotenente*, sunt conștient că tu poți citi mintea și sentimentele oamenilor. Nu știu cât de bine o poți face, dar de putut poți, așa că nu are niciun sens să mai negi, îi opri el tăgăduirea când ea deschise gura. Ai încercat să mă citești în ziua aceea în grădină și nu ai reușit. Eu am plecat pentru că m-am temut că ai fi putut să o faci dacă ai fi insistat. Oricum, faptul că am plecat, nu înseamnă că sunt implicat în crimă, o mustră el, iar ea îi aruncă o privire urâtă.

—Ce înseamnă toată aiureala asta despre citirea minții oamenilor? Fie ai petrecut prea mult noaptea trecută și nu ești tu însuți acum, fie nu ești chiar întreg la minte, Arnett, observă ea cu ironie.

Și cu toate acestea, era speriată. Nu știa cum de putea el să fie atât de aproape de adevăr. Ea, una, nu făcuse nimic până atunci care să-l conducă la acea presupunere, și, totuși, el părea să știe totul.

Axel o analiză atent, iar apoi își scutură capul cu regret. Își înfipse mâinile în buzunarele de la pantaloni, iar apoi se întoarse spre fereastră din nou.

Leah încercă sentimentul că bărbatul, pur și simplu, a încetat să-i mai acorde atenție și își mușcă buza. Era zguduită bine și nu știa cum să reacționeze. Nu era ca și cum s-ar fi confruntat cu acea situație în fiecare zi. Situația o înfurie și căută cele mai mușcătoare cuvinte pe care ar fi putut să i le spună. Cu toate acestea, nu mai avu șansa să o facă pentru că el începu să vorbească din nou, deși vocea îi suna obosită.

—Noi suntem la fel, tu și eu... Sau aproape la fel. Tu poți citi minți și sentimente, locotenente. Eu pot citi mințile oamenilor, dar nu prea sunt pe aceeași lungime de undă cu sentimentele lor.

Axel ridică din umeri, ca și cum acea carență a lui nu ar fi fost deloc importantă.

—Dar am viziuni, adăugă el și se întoarse spre ea. Nu este ceva plăcut, după cum poți foarte bine să-ți imaginezi, spuse el cu amărăciune.

Ea deschise gura să-i strivească presupunea că ea ar fi avut astfel de abilități, dar el își scutură capul cu îndărătnicie.

—Nu te mai obosi, spuse el. Care este rostul? își deschise el brațele.

Ea își abandonă intenția atunci și, înclinându-și capul ușor într-o parte, îl observă atent.

—Vrei să spui că ai avut o viziune cu crima și de aceea ai sunat, avansă ea ideea.

—Da, exact asta vreau să spun, replică el pe un ton tăios. De fapt, totul a început în timp ce încă mai dormeam. Când m-am trezit, nu eram nici măcar sigur dacă am avut un coșmar sau o viziune, își scutură el capul.

După aceea, făcu câțiva pași și își trecu degetele prin părul ciufulit. O privi din nou pe Leah și, după câteva secunde, continuă.

—Dar, mai apoi, am văzut continuarea evenimentelor în timp ce eram treaz, așa că a trebuit să consider că era o viziune... Cunosc foarte bine casa și grădina prietenului meu, așa că le-am recunoscut și, bineînțeles, mi-a fost foarte ușor să recunosc locul unde se găsea scena crimei, explică el și își încrucișă brațele pe piept.

—De ce nu te-ai dus la petrecere? Ai fost invitat, se gândi ea să-l întrebe, ca și cum nu era foarte convinsă că spunea adevărul.

—Nu am avut chef să merg, ridică el din umeri. Nici lui Dimitri și nici mie nu ne prea pasă de politețuri, așa că nu m-am obosit să îmi prezint scuzele de rigoare. Oricum, știam că vor fi acolo destui oameni care să compenseze pentru absența mea, observă el cu indiferență.

Leah îl privi fix cu ochii impasibili câteva secunde. I-ar fi plăcut să poată respinge relatarea evenimentelor, dar știa că abilități ca ale lui existau. Chiar și în familia ei erau câțiva care aveau asemenea aptitudini și ea nu putea să nege validitatea afirmațiilor lui.

După câteva clipe, Leah se gândi că poate ar fi fost mai bine să folosească ceea ce văzuse el, așa că încetă să mai pretindă că spusele lui nu erau decât baliverne.

—Îmi imaginez că ai văzut mai mult decât cadavrul pe pământ, avansă ea ideea.

El o aprobă dând din cap.

—Da, am văzut aproape totul. Vreau să spun că am văzut victima flirtând cu un bărbat bine clădit. După ce s-au tachinat puțin – eu nu am auzit exact ceea ce au spus, dar asta păreau să facă, au ieșit în grădină. S-au plimbat cu pași leneși până ce au ajuns aproape de celălalt capăt al grădinii. Acolo, el a prins-o de braț și a târât-o spre locul unde ai găsit-o. I-a rupt bluza – îmi amintesc că femeia era efectiv obsedată de acea bluză. Era un fel de simbol pentru ea. Întruchipa absolut tot ce reușise să facă până atunci, explică el cu gesturi largi și se opri pentru o clipă.

Axel se întoarse la fotoliu și se așeză jos după ce înhăță o altă cutie de suc de pe tavă. Deschise cutia cu o eficiență ce venea din practicată îndelungată și înghiți tot lichidul rapid.

Apoi privi înapoi spre Leah și spuse:

—Nu pot auzi ce spun oamenii în viziunile mele. Le văd doar buzele mișcându-se și am o senzație generală despre ce se întâmplă. Așa am știut că cei doi flirtau, de exemplu. Și cu toate acestea, le pot citi gândurile, specifică el. Cum a fost amănuntul acela cu bluza... Femeia era foarte atașată de bluza aceea. Chiar o iubea de-a binelea... La început, ea s-a supărat pentru că bărbatul i-a rupt bluza și numai după aceea și-a dat seama că se găsea în pericol, își scutură el capul de parcă tot nu i-ar fi venit să creadă. Oricum, femeia a fost o mică luptătoare. S-a luptat cu individul acela și, cine știe, poate că ar fi reușit și să supraviețuiască, dar au mai apărut doi, continuă el cu regret.

Axel îi povesti fiecare detaliu oribil al crimei al cărui martor fusese și numai când a epuizat toate faptele, s-a oprit.

Leah îl privi și văzu semnele oboselii înscrise pe chipul lui. Linii fine îi apăruseră în jurul ochilor și acelea nu se găsiseră acolo în după-masa aceea când ea și Mark veniseră să-l vadă.

—Trebuie să fi fost cumplit să fii martor la așa ceva și să știi că nu poți face absolut nimic, observă ea pe o voce liniștită.

Axel o privi, iar apoi râse cu amărăciune.

—Nici măcar nu ai idee, spuse el și își frecă fața cu palmele înainte de a continua. Problema este că nu știu cum poți folosi ceea ce ți-am povestit. Da, știu că vei avea descrieri detaliate ale celor trei atacatori. Cel puțin asta este adevărat. Problema este că nu o să-i găsești în cercul obișnuit al victimei. Erau plătiți să o omoare, sublinie el.

—Ești sigur de acest lucru, îi ceru ea confirmarea.

—Da, sunt, reafirmă el. Ți-am spus că pot citi gândurile chiar dacă nu aud vorbele când am o viziune... După ce au ucis-o, unuia dintre ei, celui care a dus-o în colțul acela izolat, i-a trecut prin minte gândul că s-au distrat de minune și au făcut și treizeci de mii fiecare în același timp, explică Axel

Bărbatul o privi pe Leah lung, iar după câteva secunde se decise să își continue relatarea.

—Cu toate acestea, unul dintre ei, cel slăbănog, nu părea atât de entuziasmat. Știu că a ezitat de fiecare dată când îi venea rândul să înfigă cuțitul în femeia aceea.

Leah reflectă la cuvintele lui și spuse:

—În regulă. Am descrierile lor generale, deși aș vrea să lucrezi cu un artist pentru a obține portrete detaliate. De asemenea, știu că cineva a plătit nouăzeci de mii pentru ca femeia să fie ucisă. Cred că aceasta ajută.

—Poate, își exprimă Axel scepticismul. Știi, ți-am spus despre individul acela... Cum se gândea la bani și la distracție...

Leah dădu din cap și se aplecă în față. Avea sentimentul că el avea ceva important de spus, dar nu știa cum.

—Gândul suna cam așa: *Ea va fi satisfăcută cu ce a primit în schimbul plății de treizeci de mii de dolari de fiecare, iar noi ne-am și distrat în același timp*, își aminti Axel. Nu cred că victima le-ar fi plătit acei bani pentru a o viola și tortura, observă el. O altă femeie trebuie să fi fost implicată.

—Corect, își exprimă Leah acordul și apoi se încruntă, reflectând la cuvintele lui. Aceasta înseamnă că o altă femeie a plătit banii atunci când a comandat uciderea Klavdiyei. Considerând cum a cerut să fie executată crima, trebuie că a urât-o pe victimă enorm.

Axel o aprobă dând din cap și se ridică.

—Am nevoie de ceva hrană, locotenente. Te-ar deranja dacă ne-am muta în bucătărie? o întrebă el.

Leah ezită. Era ieșit din comun să conducă un interviu în bucătărie în timp ce martorul lua o gustare, dar până la urmă, nimic din acel interviu nu urmase regulile normale, așa că dădu din cap și îl urmă.

—Ai vrea niște bacon și ouă? Mi-e prea foame ca să stau să fac altceva acum, îi explică el și deschise frigiderul pentru a scoate ingredientele să prepare masa.

—Nu, mulțumesc, replică ea. Tocmai am luat prânzul înainte să vin aici.

—Înțeleg, spuse el pe un ton moale, iar vocea lui o făcu să se încrunte.

—Nu am vrut să spun nimic altceva decât am spus, Arnett. Tocmai am mâncat și nu o să mănânc de două ori numai ca să îți cruț ție sentimentele, sublinie ea.

El râse și își scutură capul.

—Ești prima empată pe care am cunoscut-o căreia nu îi pasă de sentimentele oamenilor. Ești o contradicție umblătoare, locotenente.

Ei nu-i prea plăcură cuvintele lui și i-o întoarse cu arțag:

—Vom avea o colaborare de lucru, Arnett, nimic mai mult. Deși va trebui să găsesc o cale pentru a folosi ce ai văzut și ce știi fără să scot la iveală celelalte chestii. Oamenii vor spune că suntem duși cu sorcova și eu pot trăi foarte bine fără acea etichetă, își termină ea tirada, lovindu-l în mod repetat cu degetul în piept.

—Au, locotenente. Acela-i un deget cam osos și doare când faci chestia asta, spuse el cu amuzament în voce și își frecă locul unde ea îl împunsese.

Bărbatul puse o tigaie pe mașina de gătit și aruncă baconul înăuntru pentru a o prăji, iar apoi se întoarse spre Leah din nou.

S-au evaluat unul pe altul câteva secunde, iar apoi bărbatul îi spuse:

—Acum, să nu-mi spui detective că nu te-ai gândit la mine deloc. Sunt convins că ai fost cât de cât intrigată când nu ai putut să-mi citești mintea.

—Am fost îngrijorată, nu intrigată, îl corectă ea. Eram convinsă că ești un psihopat, îi reaminti ea.

—Oh, da, așa ai spus, șopti el. Oricum, acum știi care este adevărul, sublinie el.

—Și? întrebă ea.

—Ei bine, eu, unul, sunt intrigat, mărturisi el.

—Dă-mi voie să repet din nou, spuse ea pe un ton arțăgos. Și?

—Ținând seama că de foarte multă vreme nu m-a mai intrigat nicio femeie, îți dai seama că nu am nicio intenție să las această șansă să treacă, pur și simplu, pe lângă mine, îi replică el.

—Nu sunt interesată, i-o întoarse ea, pretinzând indiferența.

—Îți cred oamenii minciunile de obicei? se miră el, neluându-și ochii de la ea.

Întrebarea lui îi zburli penele și femeia aproape că mârâi la el. Leah știa foarte bine să-și ascundă sentimentele reale și, mai mult decât atât, minţea cu artă și destul de bine. Observaţia lui pătrunzătoare o iritase pentru că ea era într-adevăr interesată de el și îi displăcea faptul că el își dădea seama de aceasta.

Fusese fascinată când dăduse cu ochii de el pentru prima dată, chiar dacă nu avusese ocazia decât să zărească fugar un crâmpei din caracterul bărbatului ce se găsea sub acele trăsături frumoase. Dar acum că vorbise cu el și se găsise în prezenţa lui de ceva vreme, îi era și mai dificil să nu bage de seamă magnetismul lui.

—Nu știu despre ce vorbești, Arnett. Gătește-ţi... micul dejun, îi ordonă ea. Avem lucruri de făcut.

Axel mustăci și se întoarse spre mașina de gătit pentru a întoarce baconul. Cu toate acestea, nu uită să-i răspundă:

—Eu sunt civil, Locotenente, așa că nu trebuie să îţi respect ordinele, îţi amintești?

Iritarea lui Leah atinse o nouă culme și se imagină luând tigaia de pe mașina de gătit și pocnindu-l peste cap cu ea cu o lovitură răsunătoare. Acea fantezie o satisfăcu suficient de mult pentru ca tensiunea ei să scadă.

Axel, care era tot cu spatele la ea, surâse. Când o copleșea furia, femeia nu își mai putea proteja gândurile de el la fel de bine ca înainte, iar el reușise să citească tot ce-i trecea prin minte. Micuţa ei fantezie cu tigaia îl amuzase nespus. Mai mult decât atât, el îi aprecie și temperamentul bătăios.

Leah, pe de altă parte, nu era deloc capabilă să-i penetreze gândurile. Îi percepea amuzamentul, dar cu toate acestea, nu știa ce îl amuza. Faptul că nu era în stare să-i citească sentimentele o frustra fără măsură. Femeii nu îi plăcea când propriile ei limite o opreau să facă ceva și întotdeauna avea nevoie să facă altceva pentru a-și lua mintea de la un eșec.

—Voi da niște telefoane până ce îți termini tu de pregătit... prânzul, se hotărî ea să spună, nesigură de cum să-i numească masa. Îl voi trimite pe Mark la birou ca să verifice anumite lucruri, continuă ea, iar el ridică din umeri cu indiferență.

Pe el nu îl interesa ce făcea ea cu informația pe care i-o dăduse. Știa că ea nu va dezvălui cum a obținut acea informație pentru că altfel ar fi trebuit să mărturisească și faptul că ea credea în existența și validitatea percepției extrasenzoriale.

El nu credea că Leah va face vreodată așa ceva. Nu era deloc ușor pentru o femeie să își păstreze o reputație bună în poliție, chiar dacă progresul adusese noi standarde în judecarea femeilor.

Și totuși, dacă ea ar fi recunoscut ceva ce unii oameni ar fi dat la o parte din cauza ignoranței, iar pe alții i-ar fi atras de parcă era o curiozitate, acea mărturisire ar fi pus capăt carierei ei, iar ea, una, își iubea profesia. Era prea implicată în ceea ce făcea pentru a nu-și proteja viața profesională, indiferent de preț.

CAPITOLUL 8 – FEREȘTE-TE DE FEMEIA NEBĂGATĂ ÎN SEAMĂ ȘI DE EGOUL RĂNIT AL UNUI BĂRBAT

AXEL URMĂRI INTERVIUL cu interes, dar ochii săi rămaseră fixați pe Leah. Pe el nu-l interesa deloc să-l observe pe bărbatul masiv care tot încerca să găsească o cale ca să scape de acuzația de crimă.

Oricum, Leah se putea ocupa de arestat fără să aibă nevoie de ajutorul lui Axel și, în orice caz, el putea auzi gândurile bărbatului cu claritate.

Pe Axel îl interesa mai mult atitudinea lui Leah din timpul interogatoriului, precum și abilitatea ei de a ascunde ce gândea sau simțea sub o mască fără expresie.

Axel nu putea să își dea seama dacă locotenenta era frustrată sau dezamăgită.

Toată lumea se așteptase să fie foarte dificil să-l facă să vorbească pe bărbatul care o atrăsese pe Klavdiya în acea zonă izolată a grădinii. Cu toate acestea, toți se înșelaseră. Bărbatul spunea absolut tot, dornic să ofere poliției toate detaliile posibile, sperând să obțină indulgență din partea judecătorului când cazul ar fi ajuns la tribunal.

Axel își scutură capul cu uluială. Chiar nu îi venea să creadă că omul avea astfel de speranțe. Nu numai că luase bani pentru a viola și ucide o femeie, dar chiar savurase fiecare tortură la care o supusese pe victimă. Axel considera că nu era suficient ca arestatul să fie închis și cheia de la celula lui aruncată ulterior. În astfel de momente, chiar regreta că nu mai exista pedeapsa capitală în Canada.

El știa că Mark se găsea în cealaltă sală de interogatoriu. Acolo, împreună cu Anne, pe care Axel abia o întâlnise, îl chestiona pe unul din doi ceilalți bărbați care făceau parte din acel trio.

Cei doi detectivi îi puneau întrebări bărbatului slăbănog, care păruse destul de reticent în a-și duce la îndeplinire sarcina în timpul nopții crimei.

Leah reușise să-i găsească pe cei trei bărbați fără prea multă dificultate. Deși numele acestora nu se găsiseră pe lista de oaspeți a lui Dimitri, ei fuseseră singurii oameni din Toronto care în ultimele două săptămâni depuseseră fiecare câte treizeci de mii dolari în bancă.

Axel își scutură capul. Câteodată nu-i venea să creadă că oamenii erau atât de proști. Nu putea înțelege cum putuseră acei bărbați să creadă că depozitarea unei sume atât de mari de bani nu va ridica niciun fel de întrebări. Mai mult decât atât, toți deschiseseră conturi și depozitaseră banii la aceeași bancă și în același timp.

Leah îi ridicase imediat și, chiar ironic, cel mai dur dintre ei nu știa cum să mărturisească totul cât mai repede. Ceilalți doi demonstrau ceva mai multă reținere totuși. Ei nu mărturiseau absolut nimic până ce nu li se prezenta vreo probă oarecare.

Capul lui Axel se întoarse brusc spre ușa încăperii în care se ținea interogatoriul când cineva bătu la ușă. Leah închise dosarul pe care îl avea deschis în fața sa pe masă și, luându-l cu ea, părăsi încăperea.

Axel se grăbi din postul lui de observație și i se alătură pe coridor exact la timp ca să-l audă pe ofițerul în uniformă spunând:

—Da, este aici și a cerut să vorbească cu acel bărbat, arătă el spre camera de interogatoriu cu bărbia.

Axel se încruntă și se uită la Leah. Aceasta reflectă la vestea primită, iar apoi, după ce i-a cerut ofițerului să aștepte câteva momente, se întoarse în încăperea în care ținuse interogatoriul.

Când ieși din nou, dădu peste Axel care se rezemase cu spatele de perete, cu brațele încrucișate pe piept. Ea îi vorbi direct ofițerului, fără să îi arunce lui Axel nicio privire.

—Te rog, adu-l pe avocat aici. Îi voi anunța și pe ceilalți.

Ofițerul se întoarse înapoi în zona de recepție, iar Leah lovi furioasă cu piciorul în podea. Era furioasă bistriță, deși chipul ei nu o arăta.

—Ce s-a întâmplat, locotenente? o abordă Axel.

—Au obținut un avocat, spuse ea succint și se îndreptă spre sala de interogare unde se găsea Mark cu unul dintre ceilalți suspecți.

—Cum așa? o întrebă Axel. Nu l-am auzit pe nici unul dintre ei cerând un avocat, iar cel puțin individul pe care l-ai interogat tu a mărturisit deja o mulțime de lucruri, observă el.

—Nu crezi că știu asta? se întoarse ea furioasă spre el.

Acum își dădu el seama că era mai mult decât mânioasă. Ochii ei de pisică aruncau pumnale, iar pielea îi era întinsă strâns peste pomeții obrajilor.

—Nu știu cum de a știut cineva să le trimită un avocat, dar voi afla, spuse ea, iar tonul ei nu promitea nimic bun pentru vinovat.

—Cel puțin ai aflat cum de au ajuns la petrecerea lui Dimitri, observă Axel, încercând să-i schimbe dispoziția. Dimitri nu va fi prea mulțumit când va afla că are asemenea oameni neloiali pe statul de plată și că va trebui să-i schimbe pe toți.

—Uite ce e, se opri Leah și se întoarse spre el, iar ochii ei din nou nu reflectau nimic din ce gândea sau simțea. Cred că ar trebui să pleci acasă. Nu mai poți face absolut nimic aici.

Axel încercă să spună ceva, dar ea îi atinse pieptul și șopti:

—Te rog.

El scrâșni din dinți, își mută privirea de la ea, dar după ce reflectă câteva secunde, se decise să-i respecte decizia. El știa că Leah avea foarte multe lucruri de care trebuia să se ocupe chiar atunci și nu dorea să mai adauge la povara ei.

Axel privi din nou spre ea, iar apoi spuse pe un ton aspru:

—Voi pleca acum, locotenente, dar știi unde să mă găsești.

Leah dădu din cap, iar apoi se grăbi spre încăperea de interogatoriu unde se afla Mark pentru a opri și interviul lui. Nu dorea să se gândească la implicațiile cuvintelor lui Axel. Le împinse undeva în spatele minții pentru a le analiza mai târziu.

AXEL PRIVEA AFARĂ PE fereastră gânditor când auzi ciocănitul în ușă. Sprâncenele i se ridicară. Nimeni nu putea urca la apartamentul lui fără ca el să își dea aprobarea, iar recepția nu îl sunase pentru a-l anunța că avea vizitatori.

Se gândi să se ducă și să deschidă ușa totuși, chiar dacă nu se simțea dornic să aibă vizitatori. Apoi ciocănitul deveni insistent și gândul că venise Leah să îl viziteze îi trecu prin minte.

Aceea era singura explicație. Era posibil ca omul de la recepție să-i fi permis lui Leah să vină sus dacă ea i-a arătat legitimația și i-a cerut să nu sune la apartament mai întâi.

Axel descuie ușa și când întinse mâna să prindă clanța și să o deschidă, ușa îi fu trântită în față cu forță, iar el se pomeni azvârlit în peretele opus. Când capul i se lovi de perete, creierul lui suferi o a doua contuzie și își pierdu conștiința.

Axel își reveni la realitate când cineva îi aruncă apă rece peste față. Apa îi intră în gură, iar el o scuipă și își deschise ochii. Lumina împrăștiată de becul de deasupra lui îi răni ochii și el îi închise cu un geamăt.

—Oh, nu, nu vei leșina din nou, auzi el un strigăt, iar un pantof ascuțit îl lovi în coaste și îl lăsă fără respirație pentru câteva clipe.

Încercă să vadă cine era în apartament cu el și deschise ochii pe jumătate. Mintea îi era înețoșată și nu se putea concentra suficient pentru ca să poată citi gândurile atacatorului său.

Când încercă să se sprijine într-o mână pe podea pentru a se putea ridica în picioare, își dădu seama că era legat fedeleș, ca un curcan pentru Crăciun. Frânghia din jurul mâinilor și picioarelor lui era strânsă și nu cedă la eforturile lui.

Când Axel înjură cu încrâncenare, un râs maniacal îi acompanie cuvintele injurioase și două mâini mici îi lipiră bandă adezivă peste gură.

—DU-TE ȘI ADU-L LA SECȚIE, îi ceru Leah lui Josh și își încrucișă brațele pe birou.

Ochii ei albaștri-verzui aruncau fulgere și Mark nu îndrăzni să-i întrerupă gândurile.

Din momentul în care se prezentase la secție avocatul pentru cei trei suspecți, Leah îi azvârlise pe toți ofițerii din subordinea ei într-o volbură de activități. Aceasta voia să știe cine îl anunțase pe avocat să vină la poliție pentru că cei trei bărbați refuzaseră să fie reprezentați de cineva de la început.

Cum îi arestaseră chiar în apartamentul în care locuiau împreună și nimeni nu știa despre acel arest, singura explicație pe care Leah putuse să o găsească era că cineva din biroul diviziei lăsase informația să se strecoare în lumea din afara secției.

Le ceruse să verifice toate apelurile ce fuseseră făcute din biroul comun al diviziei ca să vadă dacă vreunul dintre ele se potrivea cu numerele de telefon ale oamenilor care se găseau pe lista suspecților.

Nu era atât de ușor să se verifice atât de multe apeluri, iar frustrarea lui Leah crescuse cu fiecare clipă care trecuse. Toată lumea mergea pe coji de ouă în jurul locotenentei și evitau să o privească în ochi.

Știau că Leah se temea că apelul fusese făcut de la un telefon celular sau din afara clădirii, iar în acel caz, nu ar fi putut să-i dea de urmă și, evident, nu l-ar fi găsit pe cel ce dezvăluise informația. Mai mult de un caz ar fi putut fi în pericol.

Josh avusese norocul să descopere un apel ce fusese făcut la exact cinci minute după ce începuseră interogatoriile. Numărul de telefon ce fusese format era identic cu numărul de telefon celular al lui Gareth.

Acum Leah dorea să stea de vorbă cu Gareth. Ultima oară când vorbise cu el, acesta păruse deschis și își exprimase tristețea și șocul când auzise că cineva o ucisese pe Klavdiya. În același timp, ea simțise regret și amărăciune din partea lui, dar și că bărbatul avea egoul rănit.

Ea dorea să vorbească și cu ofițerul ce își trădase uniforma și aceea înainte de a îi trimite dosarul la comisia de afaceri interne. Șeful cel mare aprobase interviul pentru că știa că Leah tot mai trebuia să își rezolve cazul de omucidere.

Cum Josh se dusese să îl aducă pe Gareth la sediu și ea știa că probabil va mai trece o vreme până ce acesta se va întoarce, Leah se hotărâse să își înceapă investigația cu ofițerul care făcuse acel apel.

Leah se gândise că ar fi fost mai nimerit să îl interogheze într-una din încăperile de interogatoriu pentru a-i arăta că situația era serioasă. De asemenea, ea dorea ca acel interviu să aibă loc în prezența a doi alți ofițeri pentru ca să nu existe plângeri ulterioare. De aceea, îl invitase pe Mark și un Sergent de la Divizie să o asiste în acel interviu.

CÂND LEAH INTRĂ ÎN sala de interogatoriu, tânărul ofiţer care aştepta ca să-i înceapă interviul, se ridică în picioare. Mâinile îi tremurau, iar chipul îi era cleios din cauza transpiraţiei, ceea ce demonstra că acesta era terifiat.

Leah îi făcu semn să stea jos, iar Mark şi Sergentul se aşezară lângă ea. Ea recită data şi numele oamenilor din încăpere pentru caseta video, iar apoi se apleacă uşor în faţă.

—Ştii de ce te găseşti în această încăpere? îl întrebă ea pe ofiţer.

Tânărul bărbat îşi scutură capul şi îşi linse buzele. Mai apoi îşi ascunse mâinile în poală.

Leah deja remarcase că degetele îi tremurau vizibil, dar nu simţea niciun fel de compasiune pentru el.

—Îţi aminteşti că i-ai telefonat lui Gareth Black acum trei ore?

Bărbatul privi de la un interogator la celălalt. Mormăi ceva pe sub barbă, dar ofiţerii nu reuşiră să-i înţeleagă cuvintele.

Leah îi percepea frica. Bărbatul nu îşi putea aduna gândurile şi căuta instinctiv să găsească o cale de ieşire din situaţia aceea.

—Paul, spuse ea folosindu-i prenumele intenţionat.

Vocea ei liniştită penetră ceaţa creată de panică a ofiţerului şi acesta îşi ridică privirea spre ea.

—Linişteşte-te acum, este în regulă. Ai făcut o greşeală foarte gravă. Aceasta este adevărat. Acum încearcă să nu mai adaugi încă o greşeală la aceea, îl rugă ea, privindu-l drept în ochi.

Vocea ei îl linişti şi anxietatea i se mai atenuă. Îşi şterse faţa şi respiră adânc.

—Vă voi spune totu_, decise el brusc. Lydia, soția lui Gareth, este verișoara mea... Ea este... specială... Întotdeauna a avut o privire mai ciudată asupra lumii înconjurătoare... Crede că i se cuvine absolut totul și nimeni nu are dreptul să-i refuze ce dorește... Părinții ei au și încurajat-o în această privință... probabil pentru că le era teamă de ea... Nu știu... Oricum, dacă ea percepe ceva ca fiind un atac la persoana sa... oricât de neimportant, atunci reacționează...

El se întoarse apoi spre Leah și i se adresă direct ei:

—Să fiu sincer, mi-e teamă de ea. Știu cât de rea putea să fie când eram copii... Părinții mei i-au cerut unchiului să o ducă la un medic pentru tratament dacă nu doreau să o interneze într-un spital de boli mentale, dar el a refuzat...

Ofițerul se opri câteva clipe. Își scutură capul pentru a-și aduna gândurile, iar apoi continuă:

—Acum, în urmă cu două zile, Gareth a venit la mine și mi-a spus că ea a angajat trei bărbați să o bată pe o femeie care încercase să-l atragă pe el în patul ei...

Bărbatul își ridică brațele, implorator, de parcă ar fi dorit să îi facă să înțeleagă.

—Doar să o bată, știți_. dar ei au exagerat și au bătut-o până ce au ucis-o... Eu l-am crezut... sau am vrut să-l cred, alese el să fie onest.

Se gândise el mai bine și ajunsese la concluzia că adevărul era puțin diferit de ce îi spusese Gareth.

—Am vrut să-l cred pentru că mi-era teamă. Când mi-a cerut să-i sun dacă se va face vreo arestare în acel caz anume, mi-a spus și că Lydia îmi va fi recunoscătoare că am ajutat-o. Dacă nu...

Paul își trecu limba peste buze și oftă.

—Gareth nu a specificat clar ce ar face Lydia, dar toată lumea din familie știe de ce este capabilă... Este o femeie extrem de rea și a reușit să iasă neatinsă dintr-o mulțime de chestii de-a lungul timpului... Eu am un bebeluș, locotenente, spuse ofițerul, iar ochii îi străluciră din cauza lacrimilor. Gareth mi-a spus să mă gândesc la fetița mea... O știu bine pe Lydia și nu am vrut ca să-mi rănească copilul. Nu ar face-o chiar acum, dar probabil mâine sau poimâine... O dată a așteptat chiar și cinci ani pentru a se răzbuna...

—În regulă, Paul, înțeleg acest lucru, îi spuse Leah.

Și chiar îl înțelegea și simțea că întristarea sa profundă și frica îi erau reale. Nu înțelegea însă de ce nu venise la ea de la început să-i spună când Gareth i-a cerut să îi dea informații, dar aceea era cu totul altă problemă.

—Spune-mi ce informație i-ai dat lui Gareth, i-a cerut ea pe o voce domoală.

LEAH, ANNE ȘI MARK luară mașina și se îndreptari cât putură de repede la adresa lui Axel. Ceruseră ca o mașină de intervenție să îi însoțească pentru că doreau să fie gata pentru absolut orice.

Când Leah a aflat că Gareth fusese informat despre implicarea lui Axel, își dădu seama imediat că numele lui Axel se găsea pe primul loc pe lista Lydiei. Aparent, aceasta ținuse o listă cu numele oamenilor cărora voia să le plătească polița de-a lungul ultimilor treizeci de ani.

Leah îi informase pe toți că Axel dăduse peste scena crimei și îi văzuse pe atacatori chiar după ce aceștia o omorâseră pe femeie. Ea le spusese colegilor ei că imediat după ce a văzut ce se petrecuse, omul fugise să sune la poliție.

Leah îi explicase șefului ei cel mare că Axel nu așteptase la locul crimei pentru că acei bărbați se găseau încă acolo. El era singur și nu ar fi putut să se lupte de unul singur cu trei bărbați înarmați cu cuțite.

Șeful ei îi acceptase explicația și declarația scrisă a lui Axel. Relatarea lui Axel urma să îi arunce în închisoare pe cei trei bărbați pentru tot restul vieții lor.

Polițiștii nu puteau fi foarte siguri dacă Lydia va acționa atât de rapid după ce i-a aflat numele și adresa, dar nu puteau lăsa nimic la voia întâmplării. Tânărul ofițer îi dăduse lui Gareth toate detaliile, iar când polițiștii discutaseră cu el, Gareth mărturisise că deja îi dăduse toate informațiile Lydiei.

De asemenea, Gareth le-a spus că femeia avea și o cale de-a intra fără probleme în clădirea lui Axel. Aceasta avea o prietenă care locuia acolo și putea pretinde că se ducea să o viziteze oricând. Cei de la biroul de recepție o cunoșteau și nu i-ar fi pus întrebări în legătură cu scopul vizitei ei.

Gareth devenise foarte vorbăreț când și-a dat seama că nu mai avea nicio șansă să se întoarcă la viața de lux cu care se obișnuise.

Omul avea multe lucruri de spus, dar Leah nu se obosi să stea și să-l asculte. Îl lăsase pe Josh să se ocupe de acel interviu și ea își adunase echipa pentru a se duce acasă la Axel imediat.

Polițiștii nu și-au mai parcat mașinile când au ajuns în fața clădirii lui, ci, pur și simplu, au decis să le lase în stradă. Au intrat în grabă în clădire, iar bărbatul de la recepție imediat le-a deschis ușa de la lift când a dat cu ochii de polițiștii în uniformă. Nici măcar nu s-a mai obosit să îi întrebe încotro se duceau.

Când au ieșit din lift, Leah le-a semnalizat să fie tăcuți și s-au îndreptat tiptil spre ușa lui Axel. Leah a preluat conducerea echipei. Când s-a apropiat de apartamentul lui, femeia s-a sprijinit de peretele de lângă catul ușii. Observase că ușa lui Axel stătea larg deschisă.

Leah își flutură mâna către ofiţeri să rămână pe loc, iar ea își scoase pistolul din toc. Îl verifică să vadă dacă funcționa corespunzător, iar apoi intră în apartament.

Mintea îi fu asaltată de o furtună de emoţii. Putea citi furie, frustrare, ură, anxietate și triumf. Era o cacofonie de sentimente ce demonstrau dezechilibru emoțional. Aceasta o determină pe Leah să creadă că Lydia nu se va opri din ceea ce făcea numai pentru că i-ar fi văzut pe polițiști.

Când Paul le spusese despre starea emoțională specială a Lydiei, Leah crezuse că acesta exagerase. În fond, omul voia să-și explice acțiunile într-un fel. Acum, înțelese că se înșelase în privința lui și că aceea era într-adevăr o femeie capabilă de orice.

Leah trase adânc aer în piept, iar apoi intră în apartament cu pași silențioși. Auzi un strigăt înfundat venind dinspre camera de zi și se îndreptă în acea direcţie. Pătrunzând în camera de zi, îl văzu pe Axel legat fedeleș pe podea.

Lydia era aplecată deasupra lui și ținea un cuțit în mâna dreaptă. Se părea că, de altfel, deja folosise cuțitul pe trupul lui Axel de câteva ori.

De la acea distanță, Leah nu putea să determine care era starea lui Axel. Putea vedea numai urmele de sânge de pe brațele, picioarele și pieptul lui, dar nu avea cum să își dea seama cât de serioase îi erau rănile.

—Lydia, strigă ea la femeia care tocmai ridicase din nou cuțitul pentru a-l mai înfige în Axel încă o dată.

Lydia se întoarse spre ea cu un strigăt furios. Trăsăturile ei frumoase erau contorsionate din cauza mâniei, iar dilatarea pupilelor ei arăta că femeia trecuse dincolo de pragul unei judecăți obișnuite.

—Pășește în spate, îi ordonă Leah.

Lydia se uită la polițistă câteva secunde, iar apoi își întoarse din nou privirea spre Axel. Cu un chicotit, se pregăti să înfigă încă odată lama cuțitului în Axel.

—Pune cuțitul jos, repetă Leah cu mai multă autoritate.

Cu toate acestea, Lydiei nu îi păsă de avertismentul ei, ci ridică brațul mai sus pentru a dobândi și mai multă forță când urma să vâre cuțitul în trupul care zăcea la picioarele ei.

Leah nu își mai repetă avertismentul. O împușcă pe Lydia drept în mână, iar glontele îi traversă acesteia palma dintr-o parte într-alta. Un urlet de durere erupse de pe buzele femeii și ea se încovrigă pe podea scâncind.

Femeia nu părea să înțeleagă ce i se întâmplase, iar Leah îi citi gândurile înnebunite cu claritate. Lydia nu își amintea deloc ce căuta acolo și ce făcuse în apartamentul lui Axel înainte ca Leah să apară. Ea știa numai că era rănită și că simțea o durere crâncenă.

Leah îl chemă pe Mark să o ia de acolo, iar ea se grăbi spre Axel.

EPILOG

CÂND LEAH INTRĂ ÎN apartamentul lui Axel, auzi zgomotul unui meci de fotbal la televizor și își scutură capul. Axel ar fi trebuit să fie în pat, nu în fața televizorului.

Leah a trebuit să se lupte cu el pentru a-l determina să rămână în spital timp de două zile. Mai apoi cedase, dar numai pentru că el îi promisese că se va odihni.

—Asta nu înseamnă că te odihnești, spuse ea pe un ton sec.

Axel își întoarse capul de la ecranul televizorului și îi surâse:

—Întotdeauna fotbalul este relaxant pentru un bărbat, Leah. Nu știai asta?

Leah își strânse buzele, pretinzând că era supărată, dar nu se putea mânia cu adevărat pe el. După ce fusese înjunghiat de cinci ori și supraviețuise, Axel avea dreptul să își petreacă timpul făcând numai ceea ce îi făcea plăcere.

Leah se îndreptă spre canapeaua unde bărbatul stătea întins și puse punga cu mâncare chinezească pe măsuța de cafea.

—Ți-am adus ceva pentru prânz, spuse ea și, fără ca măcar să-și dea seama de gestul ei, degetele ei îi dădură la o parte o șuviță de păr negru precum corbul de pe chipul lui.

Axel o privi cu ochi serioşi, iar mai apoi îi luă mâna într-a lui. Se uită la mâna care îi salvase viaţa, iar apoi îşi culcă obrazul în palma ei.

Leah se simţi ciudat. Se uită fix la faţa lui şi încercă să-i citească mintea pentru a vedea ce gândea, dar nu reuşi. Vedea doar mulţumirea înscrisă pe chipul lui, iar acela era singurul lucru de care putea fi sigură.

—Ai vrea să mănânci, străine? îl întrebă ea pe un ton blând.

El dădu din cap şi, în acelaşi timp, îşi frecă nasul de palma ei, iar Leah simţi şocurile electrice alergându-i în sus pe braţ. Tânăra femeie încercă să se ridice şi amândoi se luptară pentru mâna ei în joacă.

Leah nu-şi putu înnăbuşi un chicotit vesel, iar apoi îl împinse cu blândeţe. El căzu pe spate şi spuse:

—Te vei întoarce, doar ştii.

Ea îl aprobă cu o mişcare a capului şi, zâmbind, se duse în bucătărie să aducă lucrurile de care aveau nevoie pentru a împărţi mâncarea.

—DECI AI ÎNCHIS CAZUL? o întrebă Axel şi după aceea îşi umplu din nou gura cu puiul cu susan.

Leah dădu din cap, mestecă, iar apoi îi răspunse:

—De fapt, am închis două cazuri.

—Nu mai spune, zise Axel şi se îndreptă.

—Acel Iuri Gregoriev... Ai auzit despre el, îl privi ea interogativ, iar Axel îi confirmă că da, dând din cap. Ei bine, Lydia l-a ucis şi pe el. Voia să o arestăm pe Klavdiya şi a încercat să planteze unele probe, dar ofiţerul care se ocupa de investigație nici măcar nu a privit în direcția Klavdiyei. De aceea, a decis Lydia că trebuia să o facă pe aceasta să plătească altfel.

—Înțeleg că ucigașii au intrat în casa lui Dimitri pentru că au plătit unele dintre gărzile lui. Ce nu înțeleg este de unde au știut ei că ea va fi acolo, se încruntă Axel.

—Foarte simplu. Tipul pe care Klavdiya abia îl întâlnise... fusese plătit de către George Adler să o agațe, să o vrăjească și să o invite la petrecere. Omul avea probleme financiare serioase și avea nevoie de fiecare cent pe care putea pune mâna, îi explică ea.

Axel își scutură capul de uluială. Îl știa pe Angelus. Nu foarte bine, dar destul de bine. Nu s-ar fi așteptat niciodată ca el să accepte o astfel de schemă.

—Deci ai închis dosarele, murmură el privind-o foarte atent.

—Da, spuse ea și își luă sticla de cola și sorbi din ea.

—Atunci nu mai ai nevoie de mine, observă Azel.

Ea își scutură capul, iar el simți ceva fremătându-i în inimă. Avea gustul regretului.

—Înțeleg, spuse el și își lăsă mâncarea pe masă. Scuză-mă, te rog, o clipă, continuă el.

Mai apoi, se ridică cu dificultate pentru a ieși pe balcon. Avea nevoie de aer proaspăt pentru că simțea că i se contracta gâtul din cauza durerii.

—Voi veni cu tine, spuse ea. Îmi datorezi viața, dacă îți amintești, glumi ea. Asta înseamnă că, de acum încolo, trebuie să stau mereu cu ochi pe tine, mai adăugă ea.

El se întoarse spre ea și pentru prima oară de când se întâlniseră, Leah citi emoție în ochii lui. Axel își petrecu brațul sănătos în jurul ei și o strivi la pieptul lui. Leah nu crezuse că bărbatul mai avea atât de multă putere în trup după ce ce fusese înjunghiat de atâtea ori și sângerase atât de mult.

CĂRȚI SCRISE DE ROXANA NĂSTASE

NEBUNIE PE STRADA PRIVIGHETORII – Seria McNamara – Cartea Întâi

Mirosuri și Umbre – Seria McNamara – Cartea A Doua

Legături relative – Seria McNamara - Cartea a Treia

Un Epitaf Potrivit – Seria MacKay – Detectiv Canadian (Cartea Întâi)

O Femeie Bisericoasă

Un Imigrant – Seria MacKay – Detectiv Canadian (Cartea A Doua)

În curând va apărea:

O SCHIMBARE DE INIMĂ – Seria MacKay – Detectiv Canadian - Cartea A Treia

Pentru a afla de lansări noi de carte, vă rog să subscrieți la buletinul meu informativ de pe:
www.roxananastase.weebly.com.

www.ingramcontent.com/pod-product-compliance
Lightning Source LLC
Chambersburg PA
CBHW070512200726

48293CB00007B/2493